枕上诗书

遇见最美宋词

彩图珍藏版

赵小岔 方慧颖 著

中国出版集团 现代出版社

图书在版编目（CIP）数据

枕上诗书. 遇见最美宋词 / 赵小岜, 方慧颖著. -- 北京：现代出版社, 2019.9

ISBN 978-7-5143-8128-3

Ⅰ.①枕… Ⅱ.①赵… ②方… Ⅲ.①宋词 - 诗歌欣赏 Ⅳ.①I207.23

中国版本图书馆CIP数据核字（2019）第192860号

著　　者	赵小岜　方慧颖
责任编辑	窦艳秋
出版发行	现代出版社
地　　址	北京市安定门外安华里504号
邮政编码	100011
电　　话	010-64267325 64245264（传真）
网　　址	www.1980xd.com
电子邮箱	xiandai@cnpitc.com.cn
印　　刷	三河市金泰源印务有限公司
开　　本	880mm×1230mm　1/32
印　　张	7.5
字　　数	150千字
版次印次	2019年11月第1版　2023年6月第10次印刷
标准书号	ISBN 978-7-5143-8128-3
定　　价	45.00元

版权所有，翻印必究；未经许可，不得转载

一念一红尘,
一词一世界。

墙里秋千墙外道。墙外行人,墙里佳人笑。笑渐不闻声渐悄,多情却被无情恼。

料峭春风吹酒醒，微冷，山头斜照却相迎。回首向来萧瑟处，归去，也无风雨也无晴。

记得小蘋初见,两重心字罗衣。
琵琶弦上说相思。
当时明月在,曾照彩云归。

妾本钱塘江上住。花落花开，不管流年度。
燕子衔将春色去，纱窗几阵黄梅雨。

二十四桥仍在，波心荡，冷月无声。
念桥边红药，年年知为谁生？

此去何时见也，襟袖上、空惹啼痕。伤情处，高城望断，灯火已黄昏。

序言

诗歌一直是中国古典文学的主流,唐朝尤盛,后人又谓之"诗唐"。然而残唐五代,文人只在花间旖旎,柳下问情,一板一眼的诗便显得生硬有余而婉媚不足。于是,"诗余"这种文学体裁便逐渐发展起来,以至于蓬勃。到了讲究生活品质的宋朝,更是遍地开花,传唱天下。"词别是一家",这个时候,当年作为诗之附庸的长短句,已然成为独立的、华美的、不容忽视的存在。

如同汉乐府有固定的题名,词也有自己特有的题目——词牌。每个词牌都有其固定的格式和乐调,词人只要照着平仄填写即可,这就是所谓的"词谱"。它们并非想象中的那样死板不近情理,而是灵活多变,可以由"正体"演变出若干"变体",甚至形成"减字""摊破""偷声"等形式。

现存词牌名称有近千之多，除去一个曲调的不同别名，数量还是相当可观的。私以为，这些名字，本身就是最美妙的小令：清新活泼者，如"斗百草""点樱桃""扑蝴蝶"；风流缠绵者，如"鬓云松""烛影摇红""巫山一段云"；征意凄凉者，如"轮台子""苏武慢""夜捣衣"；缥缈欲仙者，如"银河浮槎""潇湘夜雨""玉人捧露盘"……真是繁花缭乱，迷人醉眼，信手拈来一两个，于星前月底低声吟诵，唇齿间便会留下那绵延千载的醇香。

这样美妙的文字，怎能没有美妙的故事作为内核使之充实呢？多半是有的。虽然千载风月已然磨灭了许多，但终究还是留下吉光片羽，任世人为之惊艳。

本书的写作意图，便在于讲述词牌的前世今生，顺带收集那些逐渐老去的风月情怀，供君玩赏。因为不是词谱，所以虽力求严谨，倒也不必过分苛求，只是当作讲故事，聊以赏玩而已。

临江仙：水仙姿态惊鸿影
043 /
蝶恋花：销魂唱彻黄金缕
049 /
洞仙歌：乱世红颜不由人
058 /
千秋岁：千秋万岁却哀声
065 /
兰陵王：百炼钢化绕指柔
072 /

第二章 韵事·华典天成

一斛珠：君恩如水空遗恨
085 /

目录

第一章 传聆·教坊正音

渔歌子：桃花泛鳜上蓬莱
003 /

菩萨蛮：今宵好向郎边去
011 /

虞美人：一江春水悼南唐
018 /

雨霖铃：谁听夜雨凄凉韵
024 /

定风波：风波虽恶且安然
030 /

天仙子：天仙点化风流影
037 /

祝英台近：杯酒浇奴坟上土
144 /

玉楼春：木兰花开且伤春
150 /

第三章　花犯·自度清雅

望海潮：亡国之祸因此调
159 /

鹤冲天：白衣卿相醉风流
165 /

扬州慢：黍离之悲空怅惘
172 /

暗香、疏影：冬来忆取双生梅
178 /

少年游：浪荡不羁好辰光
091 /

鹧鸪天：鹧鸪声声唱多情
069 /

青玉案：横塘路上企鸿居
110 /

满庭芳：销魂此际图一醉
116 /

念奴娇：飞上九天歌一声
124 /

卜算子：玉盘珠落迸清声
130 /

钗头凤：彩凤分飞恨断肠
137 /

第四章 补佚·诗余遗秘

永遇乐：旖旎雄豪归一梦
187/

眼儿媚：秋水春山总是情
196/

江城子：豪情欲共悲情语
210/

醉花阴：赌书泼茶闲情寄
216/

跋
221/

第一章

传聆·教坊正音

是云韶院中轻轻袅袅的绝响，是花萼楼头缠缠绵绵的余音；是霓裳羽衣舞过的盛世繁华，是凤尾龙香拨过的丝路花雨……

由于是必须有音乐相配的文学形式，最初的词牌大都从音乐中演变而来。隋唐盛世，最权威的音乐机构自然是宫廷教坊，因此由教坊曲演变而来的词牌便成了一支庞大的"主力军"。据后人考证，唐代数百支教坊曲中，成为词牌的超过半数，这是一个相当值得关注的数字。

初唐之时，教坊还在专司礼乐的"太常寺"的管辖之下。"太常乐"是祭祀等正式场合使用的音乐，而教坊乐却用于宴饮寻欢，这便是所谓的"雅"与"俗"之对立共生。盛唐时期，宴饮的举行明显增多，唐玄宗自己又是音乐专家，因此，他干脆将教坊独立出来任其自由发展。脱离了太常寺桎梏的教坊越发鼎盛，梨园子弟人数最多的时候超过万人，这真是规模宏大，令人叹为观止。

教坊乐曲磅礴大气，且多西域之音，即使演变成欢场中的佐酒小词，也绝不会本色尽失。虽然曲谱已无从寻觅，我们依旧可以从现存词作中聆听到当年的繁盛。

渔歌子：桃花泛鳜上蓬莱

【前言】《渔歌子》，单调二十七字，四平韵，中间两句三言按照惯例须用对偶，若一次创作多首，默认末句第五字相同，后也有双调五十字者。本是唐朝教坊曲，乃文人模拟出的渔歌，清发舒啸，绵延悠长。由于这个词牌所吟唱的内容与中国的隐逸文化有着极大的干系，却又不同于一般的山水诗、禅意诗，而是偏重于道家的归真思想，因此在文学史上有着十分特殊的位置。

最早见诸史料，也是最负盛名的一首《渔歌子》，来自唐人张志和。其时诗词未有分明界限，词为"诗余"，也笼统地被归于诗的行列，因而，我们在任意一本唐诗全集或选集中都能看见这首词的身影：

西塞山前白鹭飞，桃花流水鳜鱼肥。青箬笠，绿蓑衣，斜风细雨不须归。

鲜艳的颜色，明快的节奏，宛如点染丹青的山水从纸上流泻而出，在天地间肆意漫延。那不惧风波的渔人，隐藏在蓑衣斗笠之下，存在感十分薄弱，却又不容忽视，这样微妙的处理方法实则令人拍案叫绝。

词作者张志和，字子同，初名龟龄，关于他和他的《渔歌子》，千百年来流传着极为飘逸的传说。

古人常有梦祥妊产之说，大抵有些名头的人物，其母怀孕生产之时都是要做个神异之梦的。虽然不乏附会，但仍旧为世人津津乐道。据说张志和的母亲于妊娠之初，梦见腹上生出枫叶，更有神明遣来灵龟献瑞，因而这个生于开元二十年正月初一的孩子便被命名为"龟龄"。他三岁见书能诵，六岁提笔成章，可谓天资聪颖，不愧是神龟送来的子嗣。

天宝六载，唐玄宗广招贤才，下令凡是有一技之长的人都可以到长安应试，然而在奸相李林甫的操作下，竟无一人中选，谓之"野无遗贤"。十六岁的张龟龄本也落第，却因在道术方面有独特造诣，得到当时还是太子的唐肃宗李亨的赞誉，因而得以游历太学。李亨还亲自为张龟龄更名"志和"，字"子同"。张志和自二十岁太学结业起便待诏翰林，更得了金吾参军的职位，年少得志，颇有"一日看尽长安花"的意气风发。

之后几年，张志和的仕途一直比较顺利。先是在东宫侍奉，李亨对他极为倚重；后又补了杭州刺史，功绩卓著；就连回家省亲都能顺带帮助地方官锄奸灭盗，赢得"神张"的美名。在杭州的两年，他结识了诗僧皎然，并与其结为终身挚友。此时此刻，张志和年轻的生命仿若西子湖的潋滟水光，灿烂、静好。

然而，明媚鲜艳终究过不得几时，天宝十四载，渔阳鼙鼓冲破碧霄，撕裂了瑗瑮彤云般的繁华。唐玄宗弃京幸蜀，太子李亨转战灵武，次年便在当地即位，是为唐肃宗。其时玄宗并未将全部的权力交予儿子，因而形成了太上皇与皇帝双掌权的局面。肃宗重用太子时期的旧人，张志和常常得以献计献策，为大败安禄山的战役立下了卓越功勋，由此被封为大将军，还朝之后又擢升为吏部金紫光禄大夫，官至正三品上。按照常理来说，张志和从少年时期便由李亨提拔，多年来一直在东宫一派，太子即位他又立下汗马功劳，应当从此平步青云才是。然而事实远远没有想象中的那样美好，玄宗与肃宗两个政治集团不断倾轧，使爱好自由和平的张志和感到万分厌倦。未几，他便因贸然劝谏而犯天威，被贬为南浦尉，与此同时，父母又相继辞世，当真是祸不单行。好在他已萌生去意，索性借着守孝的机会脱离官场。虽然唐肃宗后来自悔孟浪，下令赦免张志和的不敬之罪，并赐了两名奴婢供他差使，但他已然浸入了清修玄理的世界，浮云般的富贵非他所愿，宁可泛舟三江五海，也不肯回头。

上元二年，张志和为父母守制期满，挥袖敛襟，游历楚水吴山去了。他的身边只得两名奴婢随行，便是肃宗所赐的二人，男的取名为渔童，女的唤作樵青，与一般人家使用"平安富贵"的命名趣味大为迥异。"渔童使棒钓收纶，芦中鼓枻；樵青使苏兰薪桂，竹里煎茶"，由此可见，张志和对于这种青山碧水渔樵互答的隐逸生活是多么的向往。或许，这种向往的情绪正是《渔歌子》闲散意境的缘起。

经过一段时间的游历，张志和终于选定了他的渔隐之地，那便是湖州西塞山。此处山明水润，物丰人和，更有许多与他志同道合之士在此隐居，其中包括旧相识皎然和茶圣陆羽，彼时后者在茶道上已经颇有造诣，虽然还未过而立之年，也已经隐隐有了隐者风范。张志和自号"烟波钓徒"，终日与这些友人往来酬唱，同时着手开始撰写阐述虚无玄妙的道学著作《玄真子》，十分逍遥自在。书成之后，他便改书名为号，朝堂之上少了一名股肱耳目，江湖之外却多了一位修仙渔者。

命运无常，在张志和隐居五年之后，家中出现变故，县治变迁，祖业堪忧，其兄张鹤龄担心弟弟，便在会稽买地结庐，更写了一首《渔父》劝张志和回家，词曰：

乐在风波钓是闲，草堂松桧已胜攀。太湖水，洞庭山，风狂浪急且须还。

《渔父》既是《渔歌子》的别称，这位兄长深知弟弟的痴性，于是投其所好做了这首渔歌，可谓细致入微，用心良苦。后来张志和的《渔歌子》名留千古，张鹤龄的招隐之作作为一个诱因,实属功不可没。

张志和应了哥哥的召唤,来到会稽,一住十年,其间因为俗世的烦扰,心情几番大起大落,好在随着他道学造诣的加深慢慢平复。于是又写了《大易》十五卷,进一步阐释他的道学观点。后来,他结识了浙东观察御史陈少游,并与其成为挚友。陈高官厚禄,却与一介布衣平辈论交,且始终待之以礼,更多次为其慷慨解囊,着实令人称奇。

在会稽住了十年之后,张志和终于又回到了湖州,这一次是因为湖州刺史颜真卿的邀请。这位书法名家已过耳顺之年,却与年方不惑的张志和成为忘年之友,虽并不罕见,倒也算一段佳话。颜真卿设宴款待张志和,并于席上赠了五首《渔歌子》给他,由于是即席而作,传抄过程中有所差异,相关记载也有所不同,这里选取的是流传较广、可信度较高的一种版本:

五岭风烟绝四邻,满川凫雁是交亲。风触岸,浪摇身,青草灯深不见人。

极浦遥看两岸花,碧波微影弄晴霞。孤艇小,信横斜,那个汀洲不是家。

洞庭湖上晚风生,风触湖心一叶横。兰棹快,草衣轻,只钓鲈鱼不钓名。

舴艋为舟力几多,江头雷雨半相和。珍重意,下长波,半夜潮生不奈何。

偶然香饵得长鲟,鱼大船轻力不任。随远近,共浮沉,事事从轻不要深。

  前三首摹写悠然自得的渔家生活，后两首中暗含劝君珍重之意，笔力纯熟自然，意境悠远辽阔，张志和的诗兴为之激发，顷刻之间和成五首，随手写在蕉叶之上，真个是率性到了极点。随后满座宾客纷纷应和，这次聚会俨然成了渔歌盛宴。张志和意犹未尽，复又挥毫泼墨，画成五轴《渔歌图》——或为烟波浩渺，一竿独钓；或为朗月沙洲，舴艋任流，众人无不惊叹拜服。

  可惜，张志和的这五首《渔歌子》，只有第一首——即开篇提到的那一首——得以流传，其余都寻访不得，而那些神品风流的图画更是沉入岁月的流沙，再也不见踪影。更加遗憾的是，在那次渔歌宴不久以后，颜真卿邀众人游访莺脰湖，张志和乘着酒酣表演水上游戏，不幸溺水身亡，年仅四十三岁。终日与水做伴的渔隐，最终归于水的怀抱，不知是否也算返璞归真呢？

  张志和虽然英年早逝，但是关于《渔歌子》的故事并没有就此终结。由于"西塞山前白鹭飞"流传甚广，人们非常想将传说中的五首补全，甚至惊动天听，连唐宪宗都四处求访，却终究未能如愿。最后，还是润州刺史李德裕利用与张家的世交关系，才得到后四首：

  钓台渔父褐为裘，两两三三舴艋舟。能纵棹，惯乘流，长江白浪不曾忧。

雪溪湾里钓鱼翁，舴艋为家西复东。江上雪，浦边风，笑著荷衣不叹穷。

松江蟹舍主人欢，菰饭莼羹亦共餐。枫叶落，荻花干，醉宿渔舟不觉寒。

青草湖中月正圆，巴陵渔夫棹歌还。钓车子，橛头船，乐在风波不用仙。

自此，这五首词不仅在中土大地广为流传，而且辗转万里，远渡东洋，在日本登陆。日本岛四面环海，历来重视渔业，《渔歌子》的意境自是为他们所喜爱。平安朝弘仁十四年，热衷于大唐文化的嵯峨天皇在贺茂神社开宴，亲赋《渔歌子》五首，皇亲国戚、群臣学者也都积极应和，自此掀起了平安京的填词浪潮，是为扶桑填词的开山之宴。席上的诸多作品绵延千年，流传至今，是极为宝贵的文学交流史料：

寒江春晓片云晴，两岸花飞夜更明。鲈鱼脍，莼菜羹，餐罢酣歌带月行。（嵯峨天皇）

春水洋洋沧浪清，渔翁从此独濯缨。何乡里？何姓名？潭里闲歌送太平。（有智子内亲王）

渔夫本自爱春湾，鬖发皎然骨性闲。水泽畔，芦叶间，挐音远去入江还。（滋野贞主）

这些作品效仿原词，并得其精髓，虽然文字较张志和还是略显稚拙，又带着点儿朝堂的气息，却不妨碍后人对其赞赏。学者夏承焘用"扶桑千载一竿丝""桃花泛鳜上蓬莱"这样的诗句，给予作品很高的评价。

《渔歌子》的影响，不仅有空间的广阔，还有时间的纵深。虽然残唐五代的战乱使教坊曲谱失传，但是后人对词中意境的苦苦求索不容忽视。大文豪苏轼和黄庭坚，为求唱出渔家欸乃之音，竟然想出替换词牌的"馊主意"，分别将"西塞山前白鹭飞"一首补成《浣溪沙》和《鹧鸪天》的格式，其中执着可见一斑：

西塞山边白鹭飞，散花洲外片帆微，桃花流水鳜鱼肥。

自庇一身青箬笠，相随到处绿蓑衣，斜风细雨不须归。（苏轼《浣溪沙》）

西塞山边白鹭飞。桃花流水鳜鱼肥。朝廷尚觅玄真子，何处如今更有诗。

青箬笠，绿蓑衣。斜风细雨不须归。人间底是无波处，一日风波十二时。（黄庭坚《鹧鸪天》）

白鹭振羽的一刹那，未曾想着能够为人传唱不休；鳜鱼摆尾的一瞬间，怎会料到自己并非单纯沦为美食的命运。桃花流水，蓑笠江湖，一日记录千载，弹指便是永恒。一曲《渔歌子》，烟水有情，云岫无心，唱绿了湖州山川草木，唱闲了千年岁月时光。时至今日，犹能让我们在机械的喧嚣中，偷学一分"斜风细雨不须归"的惬意。

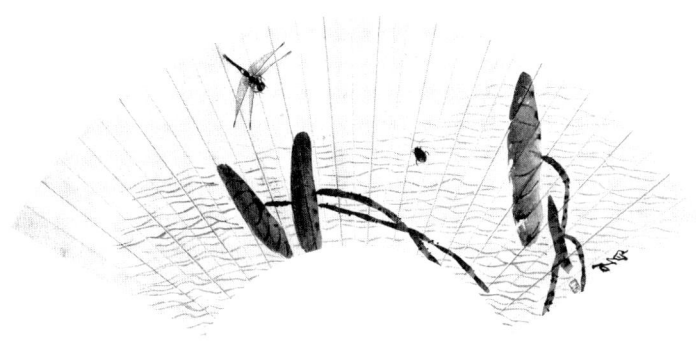

菩萨蛮：今宵好向郎边去

【前言】《菩萨蛮》，双调四十四字，前后阕均两仄韵转两平韵，属于换韵比较频繁的类型。这一词牌的名字比较奇特，不似中原风味。事实上，它的确是来自西域之地。相传唐朝开元年间，有女蛮国派遣使者来朝，他们携带了一队舞姬，身披珠宝璎珞，发髻高耸，头戴金冠，号称为"菩萨蛮队"。充满西域风情的歌舞令人耳目一新，当时教坊因此制成《菩萨蛮曲》，又叫《菩萨鬘》，后来逐渐演变成了词牌名，又名《子夜歌》《重叠金》等。《子夜歌》是乐府旧题，而《重叠金》来自温庭筠"小山重叠金明灭"一句，都是非常有来头的出处。

历来词家所公认《菩萨蛮》为最早的词牌，自从那些高鼻深目的西域女子在朝堂上舞过天魔之态以后，这种轻快活泼的小令便成为词人的眷宠。李白、温庭筠、韦庄都写过脍炙人口的篇目，早期词集《花间集》一共收录十八位词人的五百首词作，其中《菩萨蛮》占了四十一首，温庭筠独占十四首，韦庄五首，虽是批量书写，却也都是不可多得的千古绝唱：

水晶帘里玻璃枕，暖香惹梦鸳鸯锦。江上柳如烟，雁飞残月天。

藕丝秋色浅，人胜参差剪。双鬓隔香红，玉钗头上风。

（温庭筠）

人人尽说江南好，游人只合江南老。春水碧于天，画船听雨眠。

垆边人似月，皓腕凝霜雪。未老莫还乡，还乡须断肠。

（韦庄）

温庭筠偏于女儿闺情，韦庄则侧重江湖飘零，虽都是花间的柔婉情调，却有着本质上的不同。然而，在那个用小令书写儿女情长的时候，无论是温庭筠还是韦庄都略显得矫情了一些，他们的作品如同精致华丽的偶人，虽有富丽的装点，却终究少了一点生命的精魂。相比之下，反而是一首不知作者、不合词谱的民间作品更具有青春气息：

枕前发尽千般愿，要休且待青山烂。水面上秤锤浮，直待黄河彻底枯。

白日参辰现，北斗回南面。休即未能休，且待三更见日头。

由于衬字太多，很多人都无法第一眼就辨别出它所属的词牌，但是去掉衬字之后，我们便可以明确地看出这是一首《菩萨蛮》。这种明白如话的词风只有可能来自民间，无所修饰，没有造作，是最直白的感情流露，是以成为《敦煌曲子词》中的压卷之作。

千万般的指天誓日，言辞恳切而决绝，不由让我们想起《上邪》中的"山无陵，江水为竭，冬雷震震夏雨雪，天地合，乃敢与君绝"。由于年代久远，我们无法得知这首词背后埋藏着一个什么样的感情故事，但是好在还有另外一个完整的奇艳传说为这个词牌增光添彩。

那一年，半壁中原还是李家天下，虽然唐王朝的鼎盛已经成为永恒的传说，南唐一代也还是沾了个"唐"字，有那么一点传承宗室的意味。那一年，年方二十八岁的李煜还是宫中的无忧帝王，耳闻得"凤箫吹断水云闲"，眼见得"车如流水马如龙"，甚至爱妻大周后缠绵病榻之事，也并没有给他带来太多的打击。

就在这个时候，小周后出现在李煜的生命里。她本是进宫探病的，然而总也见不到清醒状态下的姐姐，于是便待在了宫中。这本来是无可厚非，然而时间久了，总会出问题。这日她画堂昼寝，偏被李煜撞个正着。看到十年前牵着姐姐裙裾撒娇的小女孩成长为美丽的女子，李煜一时惊呆了。匆匆寒暄见礼之后，李煜回到自己的寝宫中，半晌依旧心绪难平，于是写下了一首《菩萨蛮》：

蓬莱院闭天台女，画堂昼寝无人语。抛枕翠云光，绣衣闻异香。

潜来珠锁动，惊觉银屏梦。脸慢笑盈盈，相看无限情。

悸动的心弦，欲说还休的情绪，全都深深埋藏在这四十四个字里，写在一张上好的春冰笺上，传递到小周后手中。及笄之年的少女是有些文字功底的，她一眼便看穿了词中深意，于是羞红了粉面，低敛了蛾眉，心脏也失去了固有的频率。

李煜很快便用风流天子的柔情擒获了妻妹的一颗芳心，在一个风轻月静的夜晚，他们在宫中进行了第一次幽会。这对于小周后来说是种极为新奇的体验，少女的羞怯使她对李煜的邀约颇为犹疑，但是涌动在胸中的眷恋之情又时刻催促她前去赴约。于是李煜心满意足地在画堂南畔迎到一个娇羞无限的少女，她因为担心弄出动静让人知晓，竟然将一双绣鞋脱下提在手中，这充满稚气的举动让李煜对她更增了几分怜爱之心。

既然是密会，其中缱绻缠绵，自然不必细说，总之对于李煜来说那是回味无穷的一夜。不然，他也不会写下第二首《菩萨蛮》：

花明月暗笼轻雾，今宵好向郎边去。刬袜步香阶，手提金缕鞋。

画堂南畔见,一向偎人颤。奴为出来难,教君恣意怜。

不光香艳,而且颇为大胆,无论如何读取,都要不由自主地进行一些绯色的联想。按说这种隐藏着闺阁情趣的词曲应当好自珍藏,耳鬓厮磨间双双赏玩一番便是,谁知道李煜竟然不吝外传,一时之间,宫人臣子尽知小周后承幸之事,甚至传出宫外,让民间画家以此为题材,作出《小周后提鞋图》这样的荒唐作品来。

处于这场偷情风暴中心的大周后,此时仍旧对丈夫和妹妹的事情一无所知,或者,知道了也不愿意相信吧。直到那日她在清醒状态下见到小周后,问了一句"妹妹怎么在这里",后者也不知是故作娇憨还是当真不懂避嫌,竟然回答"已经来了一段时间"。于是,身为后宫之主的女子明白了一切。她默默地转过头去,直到咽气也没再看那两人一眼。

大周后殁了,李煜忽然良心发现一般,疯狂地书写祭文进行追思,甚至不顾礼数,坚持在墓碑上落款为"鳏夫煜"。守孝的过程中,他似乎疏远了小周后,但是依旧让她住在宫中。皇太后也默认了这个"下一任皇后人选",便以"养于宫中待年"的名义留住了她。"待年",也就是"待成年"的意思,这个时候,她只有十五岁。

四年之后,李煜终于如愿以偿地封心上人为后。礼成之日,照惯例群臣要写诗祝贺。由于李煜之前的两首《菩萨蛮》太过高调,这些平日舞文弄墨之际不分尊卑的人便在贺诗上做了些文章：

　　一首新词出禁中，争传纤指挂双弓。不然谁晓深宫事，尽取春情付画工。
　　别恨瑶光付玉环，诔词酸楚自称鳏。岂知划袜提鞋句，早唱新声菩萨蛮。

　　李煜见了这些明显带有讽刺意味的诗歌，倒也不生气，此时美人在抱，给臣子们轻轻刺一下又算得了什么呢？最是无情帝王家，无情在某种程度上，便会表现为多情。在大周后最需要关心与爱护的时候，李煜却在与她的亲妹妹调情偷欢，而且堂而皇之地填词记录，实在是令人不知如何评价。野史相传，大小周后的闺名分别为"娥皇""女英"，恰好与舜帝的二妃相同。而李煜也与大舜一样有一目重瞳，似乎是老天注定让他兼得姐妹二人。可信度固然很低，倒也不妨碍当作这段艳史的边角余料来批判赏析。

《菩萨蛮》作为最古老的词牌，有着令人难以置信的生命力，李后主与妻妹的旖旎传说仅仅是其中的一抹亮色，并不能代表全部的成就。但是毋庸置疑，这一抹亮色的确为这个词牌带来了厚重的情感效应，配着故事来阅读李煜，会有不一样的感悟。千古词帝，终究不过是一个普通的男子，会专情，也会猎艳，仅此而已。

虞美人：一江春水悼南唐

【前言】《虞美人》，双调五十六字，上下片各四句，皆为两仄韵转两平韵。原本是唐代教坊曲目，彼时的词都是以所吟咏的事物为题，顾名思义，这个词牌最初的引用对象是项羽的爱妾虞姬，后来就这样固定了曲律格调，不再更改。遥想当年，兵围垓下，四面楚歌，霸王一曲"虞兮虞兮奈若何"倾尽男儿血泪。而那如花般娇艳的美人，从容地吟唱"大王意气尽，贱妾何聊生"，剑光青白如素练，舞姿夭矫若惊鸿，一曲罢了，三尺青锋横过粉颈，胭脂凝血，面上犹带着淡然的微笑。花开花落千百年时光，人们依旧记得垓下之围中，那惨烈凋零的红颜，于是赋成新曲，传唱不休。

如果说，《垓下曲》断送了西楚政权，那么在千年之后，《虞美人》也宣示了一个王朝的彻底终结。是冥冥中的命数，还是历史作弄的巧合，便不得而知了。

时间回到公元937年，正是天下大乱时节，南吴将领徐知诰废黜吴帝取而代之，为得"正宗"之名，他给自己改名为李昪，改元"升元"，国号唐，是为在纷乱的五代十国中占了一席之地的南唐政权。同年七夕，宫中添了一位皇子，因为全家都已改为李姓，所以这个新生儿被取名为李从嘉。很快，大家就发现了这孩子的不同寻常之处，他的一只眼睛是重瞳子，犹如传说中的西楚霸王项羽，于是，他的字便叫作"重光"。

李昪在位七年，劝课农桑，发展经济，将江南一隅整治得井井有条。他的长子李景通继位后，改名"李璟"。因为平素兄弟关系良好，登基之时他对弟弟李景遂言道要"位终及弟"，不晓得是不是客套话，但确实埋下了一个天大的祸根，可见天子金口玉言，话是不能随便说的。李璟在位的时候，将南唐疆土扩展到了极致，但繁华只有一瞬，之后便被迫向后周称臣，去了帝号，改称国主。事实上，他们父子的国策完全颠倒顺序，李昪当战不战，李璟当和不和，这才造就了一系列的悲剧。这个时候，南唐一国已是风雨飘摇，颓势明显，不光外患重重，内忧也是一浪高过一浪。太子李弘冀始终对父亲"位终及弟"的言语耿耿于怀，终于杀死叔父李景遂，弑亲逆天，他自己也在几个月之后暴死。本来争夺激烈的国主之位一下子无人问津，于是，生性淡泊的李从嘉被推上了太子的高位。李璟过世之后，李从嘉成为国主，按照南唐登基更名的惯例，改名李煜。

谁也没有想到的是，这个名字葬送了南唐政权，也开了千古词坛光耀之宗。

李煜从来不是一个适合掌权的人物，他是琴棋书画诗词歌赋领域中的王者，但是在政治环境中，他只是一个被迫上位的懵懂青年。凤阁龙楼如同重重叠叠的茧，玉树琼枝宛似绵绵密密的丝，将这位尊贵的男子包裹其中，成了一只无法化蝶的蛹。就在他醉拍阑干、马蹄踏月的时候，那经历了陈桥兵变、黄袍加身的赵匡胤早已开始雷厉风行地拾掇四分五裂的中原河山。柔弱的李煜一味退让，他天真地认为，自己已经臣服宋朝，是不应该遭受灭国之灾的。然而，赵匡胤一心想要独霸天下，即使是不构成任何威胁的小小南唐，也不容许其存在于世。面对李煜遣来求和的使者，他斩钉截铁地说："不须多言，江南有何罪，但天下一家，卧榻之侧，岂容他人鼾睡。"

一切都结束了，南唐最后的防线在宋军的铁骑下碎为齑粉，北宋开宝八年十一月二十七日，金陵城破，李煜含泪写下降表，令教坊子弟奏歌作别。南唐有国三十九年，这便是最后的哀歌了。他缓缓环视花容失色的宫人，难以想象不久之前她们还拥有着"晚妆初了明肌雪"的风姿。小周后在她们中间，低眉敛目，一袭绿衣，正是用晨露染出的"天水碧"。赵匡胤是天水人，天水逼宫，这可不是一语成谶吗？凄然酸楚的情绪一齐涌上心头，重重掷下白玉笔管，奉表出降，正式诏告天下，他李煜，做了亡国之君。

他是无法化蝶的蛹，于是赵匡胤生生撕破了他的茧，并残忍地剪断了一边翅膀，迫使他拖着残破的单翅看清这个冷酷的世界。亡国之君的日子充满了各种屈辱和冷暴力，他就这样挨过了三年，生不如死。这三年中，赵匡胤不明不白地死于一个"烛影斧声"之夜，其弟赵光义继位。这让他想起父亲说过的"位终及弟"之事，恍然间，一切都领悟透彻了。原来天下王者都是一回事，那张金碧辉煌的椅子，人人都想争夺，好像他们就是为此事而生一般，而他的继位，只是老天爷开的一个恶毒玩笑罢了。赵光义为人阴损，不仅当面折辱于他，甚至将贪婪的魔掌伸向小周后。国破之哀，夺妻之恨，这一切的一切，如同纵横交错的巨网，铺天盖地般将李煜笼罩其中。重重压迫之下，他已是奄奄一息。赵匡胤强行将他的身体从茧中剥离，但是直到此刻，他的灵魂方才冲破另一重茧的桎梏，化作绝美的蝶，一个轻灵的转身，词坛便盛开一片花海。

源源不断的优秀词作彻底惹恼了赵光义，他一直嫉恨李煜的才华，没想到在这样凄惨的情况下他依旧能够赋词自娱，也忒不识好歹，倏然之间，就动了杀机。

北宋太平兴国三年七月初七，李煜四十二岁的生日，一切的悲伤情绪在这一夜爆发，这炽烈的情感被翻译成文字，是为一曲《虞美人》：

春花秋月何时了？往事知多少。小楼昨夜又东风，故国不堪回首月明中。

雕栏玉砌应犹在，只是朱颜改。问君能有几多愁？恰似一江春水向东流。

　　仿佛是意识到词中意境不吉,李煜写完之后也怔住半晌。他抬头望向小周后,这几年她受尽苦楚,虽然还不到三十岁,已是憔悴不堪。夫妻二人相顾无言,半晌,李煜终于讪讪开口道:"许久没有听你唱歌了,今天也算个好日子,便唱了这首罢。"

　　小周后看着那阕新词,已是泪眼婆娑,无论如何也不肯唱这哀音,只是耐不住李煜再三恳求,这才唱了起来。她原本有副清亮的好嗓子,经过这几年的辗转折磨,已然有些嘶哑,倒是更合那凄凉的词意。幽怨的歌声传出墙外,早已被赵光义派来盯梢的人暗暗记住,并飞速回报。赵光义听闻"一江春水"之句,顿时大怒,心中本有杀意,这一次更是达到了顶点。于是派人赐御酒三杯,名为"生贺",实际那酒中已经下了牵机剧毒。

　　李煜自己曾为帝十五年,虽然不太成功,王者之心还是了解一些的,他自然知道这酒不是什么好酒,却也不敢不喝。其实在潜意识中,他早就在等待这么一天,这酒于他反是一种莫大的解脱。

　　一饮而尽。

　　酒催毒性,没过多久便发作起来。什么文人风度,什么君王仪范,全都在疼痛中化为乌有。二十四年李从嘉,十五年李后主,三年阶下囚,四十二年的生命,便在那一夜走到了尽头。南唐的最后一任君主,这只两次破茧的蝴蝶,终于陨落在肃杀的秋风里。小周后怔怔地望着李煜那惨不忍睹的尸身，不敢相信她就这样失去了最后一片天。半晌之后，她轻轻跪下来，最后看了一眼那失去了光泽的重瞳，便将他的眼皮合上。那一瞬间，她想到了很多关于这双眼睛的传说——重瞳的大舜娶了娥皇女英，重瞳的李煜娶了大小周后；重瞳的项羽歌别虞姬，重瞳的李煜死于一曲《虞美人》……这难道是巧合吗？虞姬先项羽一步踏上黄泉之路，而今李煜已逝，是不是意味着自己的生命也走到了尽头呢？

赵光义听闻李煜的死讯，假惺惺地废朝三日，追封了吴王，以王公之礼葬于北邙山。同年，小周后殁，与李煜合葬，《虞美人》的"诅咒"至此全部应验。

历史的脚步仍在匆匆前行，王侯将相尽归尘土。虽然李煜到死都没有称帝，却是当之无愧的千古词帝。他的一缕惆怅精魂，栩栩如蝶，翩跹过了柳晏苏秦的案头，环绕过了易安稼轩的笔尖，冷眼观看赵宋王朝如何一步一步走向覆灭，正如当年宋军兵临城下时候的决然。历史因果循环，总是报应不爽。这些姑且不论，李煜总归是典型的"失之东隅，收之桑榆"，后人所谓"国家不幸诗家幸"，便是如此。虽然残忍了些，却是血淋淋的事实。正因为有着国破家亡的磨难，才使那一江春水般的愁绪，最终汇成宋词的浩瀚海洋，万古一碧，荡涤天涯。

雨霖铃：谁听夜雨凄凉韵

【前言】《雨霖铃》，又名《雨淋铃》，唐教坊曲，双调一百零三字，前后阕各五仄韵，本调常用入声，且多拗句。夜雨漫漫，本已令人心生清冷，兼之有金铃在雨中铮铮作响，便更添愁楚，单从这名称便可想见声调之凄切。事实上，词牌正是源于这雨打金铃的声响，而这声音，诉说着一段千古长恨，也是一个经典的爱情传奇。

白居易《长恨歌》有云"行宫见月伤心色，夜雨闻铃肠断声"，说的是安史之乱时，唐玄宗离京逃往四川，在马嵬驿因"六军不发"，只得赐死贵妃杨玉环，从此时时思念伊人，以至于寝食难安。一片孤月或者一滴冷雨，都能勾起这位迟暮帝王的相思之情。

肠已断，泪空流，玄宗的悔恨、怀恋、怅惘，交织缠绕，竟而生成了一支新的曲调，那便是《雨霖铃》。相传，玄宗"幸蜀"的途中，接连十几天阴雨连绵，那潇潇冷雨无情地敲打着銮驾上的金铃，铮铮然、戚戚然，在天梯石栈之上缠绵回响，如同一曲伤心入骨的悲歌。刚刚失去宠妃的帝王本是爱好音乐的人，对于声音有一种超乎想象的敏感和执着，这雨打銮铃的声响在他听来便是天泣红颜之夭殒，于是，依照这自然与人工相结合的声响节拍，谱成一曲，是谓《雨霖铃》。

遥想当年教坊梨园的鼎盛时期，每逢皇家内宴，尽是名家合奏的盛况。笛有宁王、邠王，歌有念奴、永新娘子，舞有谢阿蛮、张云容，余如李谟、李龟年、贺怀智、张野狐、马仙期等，当真不可胜数。就连玄宗本人，兴起时也会亲操羯鼓演奏一曲。他是手握万里江山的真龙天子，即使演奏乐器也是要演这"八音之首"的。然而，只要杨玉环揽起琵琶，抑或舞袖轻舒，一切的歌乐都成为黯淡的背景，云停，风静，尽她一人凤尾龙香，羽衣霓裳。

而今，伊人香魂缈缈，梨园子弟也失散了十之八九，能够谱吹新曲的也只有张野狐一人而已。他本是箜篌名家，此刻却选择用觱篥吹奏此曲，这种管乐器出自西域龟兹，音色悲凉，故又名"悲篥"，用以演奏这怀人之作，确是再合适不过。

至德二年，官军收复西京长安，玄宗回归都城，同时召回了一些散落民间的梨园子弟。望京楼上，白发新生的歌儿舞女重新排演，相熟的面貌却已有多半不见。没有了贺老琵琶定场屋，没有了李谟压笛傍宫墙，没有了二十五郎的清音管奏，没有了念奴飞上九天的一声娇啼，更没有了那雪肤花貌之人望见一骑红尘的嫣然一笑。新丰女伶谢阿蛮却还在的，纵使非复昔日仙姿，倒也还能将《凌波曲》舞得惊鸿羞顾，她将杨贵妃赐予的"金粟装臂环"呈给玄宗，垂暮的天子睹物思人，几乎不能自已。适逢乐工张徽重奏《雨霖铃》，哀婉缠绵的乐曲如同花钿委地时的呻吟，声声诉说着悠悠生死一别经年的痛楚。旧恨新愁一齐涌上心头，昏花的龙目，终于怆然泪下。

诗人张祜为此事写下名为《雨霖铃》的七绝——

雨霖铃夜却归秦，犹是张徽一曲新。长说上皇垂泪教，月明南内更无人。

词句中充满了遗憾与祭奠的情绪，不知是为了不痛不痒地讽刺一下玄宗的失国之过，还是纯粹纪念这段逝去的爱情。当然也有人怀疑这首七绝其实是玄宗本人所作，然而考虑到玄宗不太可能称自己为"上皇"，且未见诸权威性资料，渺渺茫茫，无证可循，姑且当成一个美妙的传说，信与不信倒是皆无不可。

话说安史之乱平定之后，唐王朝气数衰落，教坊歌吹也渐渐从庙堂之上的尊贵地位跌落，在其后数百年间，沉沉浮浮。一些舞曲和大型套曲因为没有了能够承担重任的舞者和演奏者，导致失传。一些适合配词歌唱的曲目倒是得以保留,到了宋朝,则演变成为大众化的曲子词,于秦楼楚馆间传唱不休,这其中《雨霖铃》便占有一席之地。

当马嵬玉骨随风化尽,当蜀道久绝銮铃绝音,悠悠二百余年转瞬即逝,世上出现了真正使《雨霖铃》得以永久流传之人,他便是柳永。

奉旨填词柳三变,原本天子一句戏言,竟教他这痴儿认了真。他将大晟府乐词增添至二百余调,同时集中地、大量地创作慢词,其中功夫,当真独步古今,绝无仅有。

"烟花巷陌,依约丹青屏障",柳永所过之处皆是珠光玉润,嫣香翠软,结下红粉知己无数。靡靡歌吹,吹软了词人的笔尖,毫端流泻而出的缠绵小词,只合十七八岁的女郎,用纤纤素手拈着红玉牙板,婉转清歌。

都说温柔乡是英雄冢,然而柳永的温柔乡却造就了词史上不朽的神话。秦楼楚馆中宴客贪欢的俗曲,一经他配上曼妙的词句,便立刻身价百倍,而那唱词的歌姬也随之提高了不止一个层次。于是柳永每到一处,渴望出名的风尘女子便争相索词,在这种背景下,柳永留下了丰富的作品。然而最好的还是那些真正有感而发的婉约慢词。说起这类作品,《雨霖铃》无疑是当之无愧可以入选的。

那是一个冷清的秋日,柳永即将南下,开始归期不定的羁旅生涯。都门设帐,宴饮宾朋,趁着酒酣情浓,柳永便提笔写满了一张花笺,交给一名歌姬演唱。那女子是他的红颜知己,念及此去不知何日能重逢,两人都有些惆怅。她怀抱琵琶,转轴拨弦,喧哗的宴席瞬间寂静了,只听她引商刻羽，款款唱出一段缠绵心事——

寒蝉凄切，对长亭晚，骤雨初歇。都门帐饮无绪，留恋处，兰舟催发，执手相看泪眼，竟无语凝噎。念去去，千里烟波，暮霭沉沉楚天阔。

多情自古伤离别，更那堪，冷落清秋节！今宵酒醒何处？杨柳岸，晓风残月。此去经年，应是良辰好景虚设。便纵有千种风情，更与何人说？

一曲唱罢，烟柳斜阳尽带悲色，宾客纷纷慨叹，离愁别绪如同三月花瘴，在席间缓缓蔓延开来，教人有些窒息。

这一首词，用的谱子便是玄宗那时传下的《雨霖铃》，经过柳永的增删变化，曲调更为柔缓多情，因此又可称之为《雨霖铃慢》。词句清丽动人，离情别绪入骨三分，不仅成为柳永本人的代表作，更成为《雨霖铃》这个词牌的绝对代表。

骤雨初歇，杨柳枝头依旧涓滴晶莹，眼中泪亦如雨，琵琶铮铮，声如金铃，凄凉的蜀道夜雨，穿越百年时光，滴落在汴京城门。一时之间，寒蝉向晚的呻吟、解缆催发的喧闹，全都化作虚无，天地间只余下一对即将分别的有情人，他们眼中再无其他，唯有彼此。旧曲本为纪念死别，今朝翻唱为生离之音，两般的情怀愁绪，却是一般的柔肠百结。

柳永少年不仕，纵使名满天下，终究是草莽布衣，直到五十岁后方才登第，又屡遭排挤，不久便郁郁而终，正因如此，他的生平在正史中几乎没有相关记载。流传下来的故事以香艳成分居多，可信度便不得而知。词人本身的事迹已然渺渺，我们便更不能指望考证出他是与哪位佳人"执手相看"，以至于虚设了良辰好景、千种风情；原曲的失传，更使词中文字孤篇绝响，令人生恨。

然而这些并不妨碍我们对这离别意境的眷恋与向往，试于雨夜倚窗而读，许有隐隐铃音穿透千年风尘传入心房，宛如长生殿上的喁喁情话，有着他生未卜此生休的狂妄；抑或是汴京城外的泣涕凝噎，有着多情自古伤离别的怅惘。呢喃，缱绻，如此动人，如此惆怅……

定风波：风波虽恶且安然

【前言】《定风波》，双调六十二字，上片三平韵，错叶二仄韵，下片二平韵，错叶四仄韵。所谓"错叶"，是指韵脚相同，平仄兼压。最初是唐朝教坊曲子，通常被称为《定风波引》或《定风波令》，后来称为《卷春空》《醉琼枝》等别名。柳永《乐章集》将其演变成两种慢词格调，全用仄韵，有九十九字至一百零五字各体。从词牌的名字中，我们可以体会出一种风高浪急忽然休歇的惊喜之感。因此，豪放词家非常喜欢用这个词牌抒发一种睥睨一切的从容情绪。平定风波，我心安然，也许他们想表达的，就是这个意思。

说到豪放词家，首先想到的必然是苏轼。事实上，他一生中写了十一首《定风波》。其中有两首最为著名，这两首词的完成时间比较接近,都是在黄州任上所写。其中表达的感情也颇有相似之处,都可以直接拿来为这个词牌的名字做注脚。

元丰二年,苏轼因为"乌台诗案"被羁押,那是一场可怕的政治风暴,即使洒脱如他,也写出了"梦绕云山心似鹿,魂飞汤火命如鸡"这样凄惨绝命之句。被贬黄州之后,惊悸的魂魄才慢慢平定下来,并且逐渐寻回了生命中那份最初的淡泊。

大概是到达黄州三年之后的一个春天,他与朋友相约踏青,却在途中遇到大雨,一行人都没有随身携带雨具,自然是淋得狼狈不堪。在众人的埋怨声中,唯有苏轼气定神闲,且行且赏,一副很享受的样子。人生的疾风骤雨都没有将他摧垮,这样的天气又能耐他何?雨停之后,苏轼对于自己表现出来的达观情绪显得十分满意,于是按照惯例要写一首词纪念一番。不知是有心还是无意,他选择了《定风波》这样一个词牌,简直是再合适不过:

莫听穿林打叶声,何妨吟啸且徐行。竹杖芒鞋轻胜马,谁怕?一蓑烟雨任平生。

料峭春风吹酒醒,微冷,山头斜照却相迎。回首向来萧瑟处,归去,也无风雨也无晴。

词前小序云:"三月七日,沙湖道中遇雨。雨具先去,同行皆狼狈,余独不觉,已而遂晴,故作此。"疏朗轻狂的心境，溢于言表，颇有点"斜风细雨不须归"的意味，根本不像是经历过政治浩劫之人所抒发出的情绪。不，也许正是因为有了"乌台诗案"的磨难，在生死边缘上游走了一遭，才能够有这样旷达超脱的襟怀吧！

　　同样是被这场文字劫难所牵连，苏轼的好友王巩甚至比他更加凄惨落拓。黄州虽远，荆楚大地到底还算得中原，王巩则是直接被贬谪到了岭南宾州，那个地方相当于今天的广西宾阳一带，崇山峻岭，烟瘴重重，委实受尽了折磨。苏轼对此深为内疚，因此常常寄信以示慰藉。他倒也没有一味低头道歉，而是总会找一些愉快的小话题来调节气氛，比如抵御瘴气的偏方、养生安神的道理等，他甚至毫不客气地说："要是方便的话，麻烦帮我捎十两丹砂过来"，这样的言语实在令人拍案叫绝。正所谓"人以群分"，天性豁达的苏轼交友总不会太过小家子气，王巩虽然在岭南遭受了巨大的苦楚，回信中却一直流露出达观的情绪。这两人的书信内容在今天看来漫无边际，仿若最寻常的网络聊天记录，一点也没有因为山高路远通信艰难而吝惜笔墨，这是难能可贵的。

　　王巩终于北归，欣喜若狂的苏轼在黄州为他接风洗尘。令人惊奇的是，在岭南那不毛之地耽搁了几年，历经丧子之痛，饱尝湿热之苦，王巩不仅没有如想象中一般形容枯槁，反倒精神矍铄，面如红玉，好像年轻了许多似的。苏轼问起原因，王巩哈哈大笑，唤出一名歌姬，说道："都是她的功劳啊。"

　　苏轼以前听过这女子唱歌，知道她复姓宇文，小字柔奴。她二十来岁年纪，目光清澈，肌肤莹润，相貌有些异域风情，除此之外，没有什么特别之处。苏轼不相信区区歌姬会有什么妙手回春的力量，不由得十分疑惑。

这时候，柔奴清了清嗓子，开始唱歌，从没听过的词曲，柔缓多情，带着一种引人入胜的魔魅力量。苏轼听得呆住了，直到一曲终了，还是久久不能够回神。王巩得意地解释说，当年遭遇贬谪，府中歌姬大多散了，只有柔奴一直跟到宾州，五年来相守相伴，从未有一刻离开。在这艰难的岁月里，多亏了她时常宽慰劝解，才得以安然度过。

苏轼听罢王巩之言，有些钦佩，有些羡慕，又问些岭南风物，柔奴答得清晰伶俐，大方得体。此时，苏轼已经完全被这个奇女子的风度所折服，但他还是忍不住想要调侃两句，于是又问道："岭南的生活是否艰苦，宇文姑娘可还习惯吗？"

他想，柔奴也许会做出肯定的回答，然后表现出无所谓的精神，然而她的答案更加令人惊喜。

"前朝白乐天诗云：我生本无乡，心安是归处。又云：无论海角与天涯，大抵心安即是家。柔奴虽然不才，这些年在岭南，安安心心侍奉大人，倒是觉得在跟家乡也没什么区别。"

苏轼一向就将白居易当成精神上的导师与挚友，此时从一名歌姬口中听到白诗，顿时有一种寻到了知音的感觉。有妾如此，难怪王巩归来之后竟然容光焕发。苏轼胸中涌动的感慨化作诗意，席间备有笔墨，于是趁着酒意取来，一挥而就，竟然又是一首《定风波》：

> 常羡人间琢玉郎，天教分付点酥娘。自作清歌传皓齿，风起，雪飞炎海变清凉。
>
> 万里归来年愈少，微笑，笑时犹带岭梅香。试问岭南应不好，却道，此心安处是吾乡。

苏轼的词中，从来不乏为歌姬舞女而写的作品，但这一首是不同的。对于其他女子，他大多抱持着同情、怜惜的态度，或者干脆逢场作戏罢了。对于柔奴，他始终是尊重的、认同的，甚至是惺惺相惜的，于是就有了这首经典传唱的词作，"点酥娘"的芳名也得以千古流馨。

那个时候，苏轼并没有想到，自己无意中的一句调侃，不仅让《东坡乐府》中多了一首佳作，更是为若干年后的自己预存了一笔精神上的救赎。当他重蹈王巩的岭南迁谪之路，鬓发沾染了大庾岭上的梅花香，眼睛模糊了罗浮山下的桃花瘴，柔奴的清歌伴着那一句"此心安处是吾乡"，一直在耳畔回响。于是他那被湿热天气惹得有些浮躁的心平静下来，就此决定"不辞长作岭南人"。

"乌台诗案"对于《定风波》的影响并没有就此完结，仿佛这场政治风波带来的消极影响就是要靠这个词牌来平定似的。与苏轼并称"苏黄"的黄庭坚也在这场"风波"中遭受牵连，被贬黔中，黔中也是个天阴雨湿的边陲之地。在极端艰苦的生活条件下，黄庭坚也写下了两首《定风波》：

自断此生休问天,白头波上泛孤船。老去文章无气味。憔悴,不堪驱使菊花前。

闻道使君携将吏,高会,参军吹帽晚风颠。千骑插花秋色暮,归去,翠娥扶入醉时肩。

万里黔中一漏天,屋居终日似乘船。及至重阳天也霁,催醉,鬼门关外蜀江前。

莫笑老翁犹气岸,君看,几人黄菊上华颠?戏马台南追两谢,驰射,风流犹拍古人肩。

这大概是某次宴会上的酬唱之作,词中所描写的暑湿阴雨,难免让人想起"床头屋漏无干处,雨脚如麻未断绝""住近湓江地低湿,黄芦苦竹绕宅生"这样的诗句。可怜黄庭坚似乎比杜甫和白居易的处境更加凄惨,至少那两位的屋子只是潮湿,而他的房间干脆跟住在水里没什么区别。在这样的情况下,他依然以谢瞻和谢灵运自比,真可谓胸襟开阔。

　　苏轼与黄庭坚,加上后来的辛弃疾,这三位便是填《定风波》最多的词人。苏辛都是豪放派的当家人物,黄跻身期间,竟然毫不逊色,不愧为苏轼一生相交的挚友。这一曲《定风波》,定了穿林打叶的山间急雨,定了风紧浪高的人生狂澜,于惊心动魄之时,谈笑若定,安然了千百年的时光,铸就一瞬间的永恒……

天仙子：天仙点化风流影

【前言】《天仙子》，双调六十八字，上下片各五仄韵。晚唐宰相李德裕进献此曲，列入教坊"龟兹部"，名之曰《万斯年》。这个名字大概是用作"颂圣"的赞语，和《千秋岁》有些异曲同工之妙。但由于是龟兹乐曲，将此名认作是西域风情似乎也未尝不可。《天仙子》之名源于晚唐皇甫松"懊恼天仙应有以"，词中歌咏刘晨、阮肇入天台遇仙之事，可不正是这三字的写照吗？

皇甫松的时代，这个词牌和《花间集》中的大多数常用词牌一样，是简短精练的单调。直到宋代，丝竹管弦越发缠绵轻慢，这才逐渐变成重章复唱的样式。最初的双调见于张先，这也是迄今为止最著名的一首《天仙子》。从这短短数十字中，可以想见一个老年词人的极致浪漫与凄凉。

说是老，严格意义来讲倒也算不上，那时候张先大约五十二岁，相对于他逝世时的八十九岁高龄，尚且算得上"年轻力壮"。他四十岁才进士及第，与同时代的晏殊、宋祁等人相比已经算是迟了许多，但较之后世并称的柳永，却也还算早的。他的仕途并不顺利，混了十来年，也才得了个"嘉禾府判官"之职。这日府中聚会，本是他当席填词的好时机，却因偶感小恙不能赴会。他独自饮了几杯闷酒，昏昏然睡了半日，精神微微好了些，望见园中绿肥红瘦，再念及自己这些年的宦海沉浮，便起了伤春怜己之情，挥笔写下了这首《天仙子》：

《水调》数声持酒听，午醉醒来愁未醒。送春春去几时回？临晚镜，伤流景，往事后期空记省。

沙上并禽池上暝，云破月来花弄影。重重帘幕密遮灯，风不定，人初静，明日落红应满径。

千古歌咏伤春之情者，何止千万，可以说这个题材已经很难有所突破了，但这样写烂熟的题材反而更加考较作者功力，张先便是最为典型的案例之一。一曲吟罢，仿佛歌声与鸟鸣声尽皆入耳，月光与灯光交映眼前，连同那臆想中的落花声与镜里韶光，似乎也都变得真实起来。可是，若只有这般，这首词也不会在浩如烟海的词作中脱颖而出，真正的亮点，还要数"云破月来花弄影"一句。云散月出，本是常见天象，难为那一个"破"字，生生将这近乎静态的景致写得灵动如生；有光则有影，也是天经地义，纵是花影，除了疏朗雅致一些，倒也不见得有什么特别之处，只是用了"弄"字，这花、这影便活了。世人对此句赞不绝口，

就是张先自己，对于这一句也是万分得意。他听说有人因为《行香子》"心中事，眼中泪，意中人"之句而唤自己"张三中"，便反驳道："那还不如叫'张三影'。"说的便是"云破月来花弄影""帘卷压花影""堕轻絮无影"三句，"云破月来"居首。后来世人便称他作"张三影"，又叫"云破月来花弄影郎中"，和宋祁的"红杏枝头春意闹尚书"相提并论，一时传为美谈。

也许是张先这词写得太好，完全断了后人的发挥余地，此后《天仙子》竟佳作稀缺，令人叹惋。然而故事还是有的，大约是沾了"天仙"二字，这故事颇为离奇，相比刘晨、阮肇倒也不遑多让。虽然是附会之作，倒也不妨一读。

南宋词人刘过，正史不见有传，据称跟姜夔、戴复古一样，是终生布衣。在这个故事里，他却有了一番春风得意。

刘过为人豪侠任诞，颇有魏晋遗风，他与辛弃疾交好，词风也近于豪放。按说词是源起花间的文体，天生便带着柔腻的气息，一般豪放词家也都能写上几笔风月情怀，可是刘过书写儿女情长的本事却不算太高明。他有两首描写美人手足的《沁园春》，近乎淫词艳曲。而在我们的这个传说中，他在赴试途中留下的一首《天仙子》，也是这样一首不成功的作品：

别酒醺醺容易醉,回过头来三十里。马儿不住去如飞,行一会,牵一会,断送杀人山共水。

是则功名真可喜,不道恩情抛得未?梅村雪店酒旗斜,住底是,去底是,酒满金杯来劝你。

据说他是因眷恋家中美妾而写下此词,每到驿馆,便令随行之人演唱一番。口语加上俚语,感情直白,有些类似元曲,未免令人质疑这是否真是那个曾经写出"芦叶满汀洲,寒沙带浅流"之句的刘过之手笔。不过若真是醉中乱写,反正情真意切,倒也可以谅解。

刘过志不在功名,这一番旅途奔波,大半时间倒是用来游历山水。这日到了建昌,少不得去麻姑山游玩一番。神州名山有七十二福地,三十六洞天,这麻姑山是其中独一无二兼得了福地洞天的神山,当真是说不尽的清荣峻茂,令人流连忘返。他在山中一边饮酒,一边哼唱那首《天仙子》,恍然间,看见有一美貌女子款款走来,步他的原韵,也唱了一首《天仙子》:

别酒方斟心已醉,忍听阳关辞故里。扬鞭勒马奔皇都,时也会,运也会,稳跳龙门三级水。

天意令吾先送喜,耳畔佳音君醒未?蔡邕博识爨桐声,君负背,只此是,酒满金杯来劝你。

鲤跃龙门,对于赶考的书生来说是个好兆头,刘过眯着醉眼，看那女子容颜如花，衣饰淡雅，充满了神秘的气息，未免心生倾慕。于是二人同归驿馆，再开宴席，共唱天仙。这时候刘过才想起问那女子姓甚名谁，女子自称是麻姑上仙的妹妹，自汉代起便在山上居住，今日听见刘过唱歌，芳心震颤，这才现身相见。刘过也是性情中人，本来就对她有意，见对方表白心思，哪有不应之理，两人遂结成了百年之好。

到了临安，刘过果然及第，当真是"稳跳龙门三级水"，他与那女子恩爱有加，虽然俗气些，却也只能用鹣鲽情深来形容了。只是我们不可以忘记，女子并非常人，异类之间的结合，总会出现一个"明眼人"来"指点迷津"，这似乎已经成了传说中的固定桥段。于是，在一次游春的路上，一个道士出现在刘过眼前。

后来的事情可以猜到一部分，但也有一部分是出人意料的。那女子并非仙人，而是精怪。只不过，她的本体是一架古琴，许是长日泠泠七弦静听松风，沾染了仙气，便觉得有些仙风道骨。刘过怀抱着被道士打回原形的琴，忽然想起了当年女子所唱的《天仙子》中"蔡邕博识爨桐声"一句，这才恍然大悟。

汉代蔡邕，雅好音律，一日见人烧柴，偶然听出其中一块木头在火中发出别样动听的声音，便不顾一切地从火堆中抢救出了这块木头，将它做成了一架琴。由于这块木头被火烧过，琴尾留有焦痕，便称之为"焦尾"，说是古琴之王也不为过。

原来，她早已对自己说过了实话，只是自己沉溺在温柔乡中，哪还有心思辨别是真是假。自此，刘过便一直随身携带着那架古琴，在无人之际，轻轻唱起《天仙子》的曲调，男儿之泪方才滚落如珠。

后来，再度经行麻姑山，刘过才知道了这架琴的前尘往事。原来是一个爱琴之人路过此处，不慎将视若性命的古琴落入山谷，寻回之时已是破碎不堪，不能弹奏，只好埋了。刘过启开昔日琴冢，果然有个空空如也的琴匣。他长叹一声，将琴从背上解下，放入匣中，付之一炬，烈焰之中，他仿佛看见了爱人清丽凄绝的面庞。

这个故事只在笔记中出现，可信度不值得一提，但就可读性来说，还是值得玩味一番的。世间霁月光风，总难长久，只有亲身经历之人，才能体会到那种刻骨铭心的美妙。

暂时放任思绪流淌，"天仙子"这三个字，也许会令人想到同名的药用植物，它的药性很霸道——苦、辛、温，有大毒。可于山野间时时觅见它的身影，亭亭的一株，或者错杂的一片，青黄或紫黑色的花瓣上有着清晰如血脉的纹理。词牌亦如同此花，并非倾国倾城之姿，却有令人见之难忘的风采。

临江仙：水仙姿态惊鸿影

【前言】《临江仙》这个词牌似乎没有所谓"正声"，数其变体，竟然有十一个之多，字数由五十四字到六十二字不等，但都是双调三平韵。它原本是唐朝教坊曲，一般认为最初用于歌咏"水媛江妃"，即女性水神。但是因为敦煌曲子词中发现"岸阔临江底见沙"之句，又有人提出应该是起源于其中的"临江"二字。李后主的作品题作《谢新恩》，瞧来是个有帝王之气的名字，事实上是写给大周后的悼亡词，意境凄迷，真似凌波仙子般缥缈无迹。此外还有《雁后归》《画屏春》《庭院深深》《采莲回》《想娉婷》《瑞鹤仙令》《鸳鸯梦》《玉连环》等别名。

中国的神话故事中，水神占有相当重要的地位。人们耳熟能详的冯夷、玄冥、共工等，属于"天神"；此外还有

"人神",他们大都是与某条江河有深厚的渊源,死后被百姓神化以致哀思,如屈原之于汨罗,李冰之于蜀江等。在庞大芜杂的水神体系中,女性水神多半不会"管理"太过重要的水系,但是这并不妨碍后人对她们的敬畏。湘灵鼓瑟,闻者为之凄绝;洛神轻舞,见者为之夺魄。她们成了文人竞相歌咏的对象,翩若惊鸿的姿态永远是令人憧憬的梦境。有时人们可能觉得"神"之一字太过刻板,于是便改称为"仙",水仙,是花是人,一样的美丽,分不清楚,倒也没得太大关系吧!

水仙临江而立,衣袂无风飘举,自是别样风流。因此,这个词牌一般用于吟咏风月闺愁,女儿情态。其中欧阳修的一首非常有代表性:

池外轻雷池上雨,雨声滴碎荷声。小楼西角断虹明。阑干倚处,待得月华生。

燕子飞来窥画栋,玉钩垂下帘旌。凉波不动簟纹平。水精双枕,傍有堕钗横。

轻柔绵密,带着秾丽的闺阁脂粉之气,如果我们把这首词与他的号"醉翁"联系在一起,便会嗤之以鼻——一个嗜酒的老者看人闺房作甚!但是人总有年轻的时候,事实上,典籍中关于欧阳修的逸事从不乏香艳材料,君子好色,大概是千古文人的通病。这首词的背后,便有一段风流传说。

天圣九年,二十五岁的欧阳修来到钱惟演幕府,与尹洙、梅尧臣等人共事。在这里他的文章水平得到了进一步的提高，为日后诗文革新运动打下了良好的基础。钱惟演是个雅好风月的人物，经常举办宴会，邀请门下众人共饮。那时候的宴会，官妓是不可或缺的配角。但她们的工作范围是受到"法律保护"的，只能歌舞陪酒，再不能与官员有进一步的亲密接触。可是一来二去，总会有些说不清道不明的事情发生。一般这种情况，大家心知肚明就好，可是欧阳修恋上官妓，却得意过头，一不小心闹得尽人皆知，便不好收场了。

话说那日钱惟演照例设宴，宾客都已坐定，偏欧阳修不见踪影。大家发现平素与他亲厚的歌妓也没有出现，都露出一副心照不宣的神情。过了半晌，两人终于姗姗而来。遇到这种情况，身为长官的钱惟演是可以直接治罪的，但他只是抱着要看好戏的心思，假意大发雷霆，单问那女子究竟为何迟到。那女子想了想，说道："炎夏酷暑，在凉堂午睡，不小心弄丢了金钗，找寻半晌，这才耽搁了时辰，请大人降罪。"

钱惟演听她答得不卑不亢，倒也不好再说什么，一眼看见面色尴尬的欧阳修，促狭之念忽起，笑道："不过一支金钗嘛，倒不值什么。这样吧，你若是能求欧阳大人为这事儿做一首词，本官便送你一支钗子，你看如何？"

众人纷纷附和，欧阳修骑虎难下，只好提笔写下了那首《临江仙》，众人看了，纷纷叫好，于是这事儿算是揭过了。说来奇怪，明明是白昼偷欢的丑事，被他这样一写，竟然曼妙如画，比之萧纲《咏内人昼眠》，香艳不足而清雅有余。想来，唯有含蓄唯美的中国文学才能孕育出这样化腐朽为神奇的作品吧。

其实欧阳修这首场面上的作品，虽然新巧明媚，终究少了点真实的感情，因为他必须把自己从词境中剥离出去。相比之下，晏几道的那首《临江仙》因为融入了自我，显得深情款款，因此欧公之作只能作为茶余饭后的笑谈，晏几道之作却是千古不朽的绝唱：

梦后楼台高锁，酒醒帘幕低垂。去年春恨却来时。落花人独立，微雨燕双飞。

记得小蘋初见，两重心字罗衣。琵琶弦上说相思。当时明月在，曾照彩云归。

晏几道眷恋沈廉叔、陈君龙的歌女之事，是经他自己承认，并被世人熟知的。莲、鸿、蘋、云四姝，大概比之于碧波青莲，海上孤鸿，汀洲白蘋，巫山断云，或纯真静美，或清高自矜，或温婉可人，或多情妩媚，各有各的美丽。却不知晏几道最爱哪个，也许连他自己都不知道。

纵观《小山词》，提到小蘋名字的有三首，数量在鸿云二人之上，只比小莲少一首，在这些词中，唯独这一首《临江仙》流传最广，对比起来可以看出它的艺术成就也最高，尤其"落花人独立，微雨燕双飞"一句，几乎可以与大晏"无可奈何花落去，似曾相识燕归来"媲美。所以，我们不妨猜测，也许他最爱的便是小蘋，那个身穿绣罗衣裳，怀抱曲颈琵琶的小蘋。她就像是李白笔下"山花插宝髻，石竹绣罗衣"的娇憨少女，垂肩髯袖，天真无邪，只是歌舞散尽，彩云无踪，空留明月朗照，平添相思之苦，实在令人唏嘘。

关于《临江仙》的逸事，多是儿女情长，后苏辛词派有豪放之语，但是影响最大的并非"小舟从此逝，江海寄余生"——在历史的滚滚浪潮中，有这么一首继承了坡公情怀的《临江仙》，绵延数百年时光，以一种特殊的方式，睥睨词坛。也许我们很多人都不知道它竟然是有词牌的，但是我们大都会背诵，甚至会高唱：

滚滚长江东逝水，浪花淘尽英雄。是非成败转头空。青山依旧在，几度夕阳红。

白发渔樵江渚上，惯看秋月春风。一壶浊酒喜相逢。古今多少事，都付笑谈中。

是的，现在通行版本《三国演义》开篇所写，正是一曲《临江仙》。它原本是明朝学者杨慎谪居云南时创作《廿一史弹词》中的第三篇《说秦汉》的开场词，自从被毛宗岗刻进了小说，便如一夜春风般在世人心中开成了不败的花树。

词之一体，似乎只适应宋朝这种浮华又内敛的文化土壤，后世便如橘生淮北，空得其皮囊而已。每个朝代都有独属于自己的文体，后人抄袭不来，只能继承些可供参考的元素，自行向别处发展。明代时候，词早衰微，在此基础上发展起来的词话等说唱艺术形式却得到了新生。杨慎的作品更超前一步,因为弹词是在清朝乾隆年间才开始流行的。说唱文学的底本经过整理,写在纸上,便成了小说。这首《临江仙》正好见证了文学传媒流变——从演唱,到说唱,再到阅读,最后,在工业时代,于屏幕上进行最大程度的普及。

往事已矣,那长江逝水在淘尽英雄的同时也淡却了神仙的形象,于是《临江仙》彻底成了一个普通的文学符号,和所有的词牌一起,在岁月中静静老去。但是那些清词丽句,默默地存在着,纵而被人遗忘,依旧能够地老天荒。

蝶恋花：销魂唱彻黄金缕

【前言】《蝶恋花》，双调六十字，上下片各四仄韵。它原本是唐教坊曲目，题名源于南朝梁简文帝萧纲《东飞伯劳歌》中的一句"翻阶蛱蝶恋花情"。南朝金粉，浮丽如烟，诗作自然也带着绮艳柔媚的气息，所以这个词牌从一开始就有缠绵悱恻的意味。历代词人皆用以抒写爱恨情愁，把名字中的那个"恋"字发挥到了极致。也许是因为这个名字取得太深入人心，以至于后来的《鹊踏枝》《凤栖梧》等几个别名也都沿用了这种格式。

彩蝶鲜花也好，孤凤碧梧也罢，都是良辰好景，适宜在风轻月淡之际慢慢赏析，那别枝惊鹊的躁动，却是有些彷徨的。南唐冯延巳似乎很喜欢这个词牌，一连填了十二首《鹊踏枝》，后人却根据其中一句"杨柳风轻，展尽黄金缕"而衍生出了《黄金缕》的名字，颇有点珠光宝气的感觉。然而之后发生的一个充满聊斋味道的故事，却又为这个名字蒙上了黯然销魂的惆怅色彩。

北宋元祐年间，司马光的从孙司马槱在关中谋了一个职位。上任伊始，舟车劳顿尚未消除，加上案牍劳碌，难免身体疲惫，只好不顾圣人遗训，昼寝片刻。便是这看似平常的小憩，为他推开了一道禁忌的门，门后风光充满了诱惑与危险。

雾气渐渐迷蒙了双眼，马上便要堕入一枕黑甜，却见纱帐无风自动，伴随着一阵悠扬的歌声，一个雪白的倩影款款走近。那是一个十八九岁的少女，眉目如画，仙姿绰约，用花容月貌这样的词语无法形容她的美丽。正值思慕少艾之年的司马槱顿时看得呆了，几乎睡意全无。那少女身上的衣衫有些奇怪，并非时下流行的窄襦长裙外罩对襟褙子，而是广袖抱腰，裙摆曳地，颇有楚楚之致。但见她一手执着檀板，一手挽着纱帘，轻启朱唇，清音遽发：

妾本钱塘江上住。花落花开，不管流年度。燕子衔将春色去，纱窗几阵黄梅雨。

歌声清灵美妙，令司马槱听得如痴如醉，半晌之后慌忙起身见礼，惶惶然问道："姑娘这曲子，绵绵袅袅，只应做瑶池管弦，却为何唱与我这一届凡夫俗子？"

那少女微笑道："闻说你是苏大人门生，怎的连这《黄金缕》的调子都不识得!"

这一笑,若朝霞点染楚云,更添明丽之姿,司马槱待要问她姓甚名谁,目之所及,却倏然间失了踪影。他伸手去挽纱帐,却一下子跌出床榻,恍然惊起,已是月上帘栊,原来做了一场春梦。

闭上眼睛,梦中景象历历在目,少女的容颜与《黄金缕》的曲调歌词,无一忘记。可惜那词只得半阕,司马槱思来想去,总难再度入眠,虽然并不擅长作词,却也起了续作的念头。于是揽衣推枕,掌了灯,拣一张上好素笺,将那少女所唱的上阕写了下来。他写得极为认真细致,一腔热情尽数灌注其中,下阕自然也是水到渠成:

斜插犀梳云半吐,檀板轻敲,唱彻黄金缕。望断行云无觅处,梦回明月生南浦。

写罢投笔,怅望窗外明月,心里有一丝失落,一丝茫然。那少女真个是来如春梦,去似朝云,却在他心中留下了难以磨灭的痕迹。自此,朝朝暮暮,思恋缠绵,再不曾有过丝毫忘却。

花开花落,换了流年,五个春秋便在思恋与伤怀中匆匆消逝。在苏轼的引荐下,司马槱应试得中,被赐同进士出身,一纸调令随即呈上案头,他望着上面"杭州"二字,面上露出了一丝淡淡的憧憬。

"妾本钱塘江上住",如果去了杭州,也许会与她重逢吧！

那时候的杭州知府是秦观之弟秦觌，司马槱便是在他那里做幕僚。两人算得上同出苏门，因此平素私交甚好。一次酒酣耳热之际，司马槱将埋藏在心中五年的秘密告诉了秦觌，并叹息道："此生若能再见到那女子，便再也没有任何遗憾了。"

秦觌是埋头做学问的人，平时从不理风月之事，见好友为此痛苦，也不知如何劝慰，只得做一个优秀的听众，让司马槱将当年的梦境讲了一遍又一遍。旁观者清，这样一来，倒被他听出了一些眉目。于是插言道："按兄弟所言，那女子的衣饰似乎是南朝时的装束，莫非与你有些宿缘？只是钱塘一地自古多佳人，即使是南朝一代，又何止千百，还是早日成家，歇了那白日梦中的绮念罢！"

司马樨不答，只是一味喝酒。秦觏见他不听劝诫，只好默默相陪，忽然想起一事，便笑道："说来有这么一位，她的埋香之处便在你官舍后面，我们且去凭吊一番，若当真是此人，也不枉你这五年苦苦相思。"

翌日，两人备了香烛酒浆之类，来到西泠桥头。但见春草蔓生之处，幽兰凝露之所，草茵之上，松盖之下，有孤坟立于亭中。亭作六角攒尖，历经数百年风雨，已然残破不堪，在它的保护下，墓与碑石倒还完好。司马樨看着碑上几个大字——"钱塘苏小小之墓"，一阵怔忡。

妾乘油壁车，郎骑青骢马。何处结同心，西泠松柏下。会是她吗？如果是的话，她为何千里迢迢去关中之地进入自己这样一个普通读书人的梦境，待到自己来了杭州，又避而不见？如果不是的话，为什么自己的心跳得这样快，好像下一秒钟就要从腔子里蹦出来一样！

秦觏没有察觉他那千回百转的心思，自行酹酒焚香，做了凭吊之礼，这才发现身边的好兄弟正在呆愣出神，心里暗叫糟糕，生怕他走火入魔，连忙拉着他祭奠一番，便匆匆忙忙地回去了。

是夜，司马樨再度梦见那少女，衣着打扮与五年前别无二致，容颜也没有一丝减损。司马樨连忙问她是否姓苏，她含笑不语，将那首《黄金缕》又唱了一遍，这次却是连着司马樨的下阕一起唱的，末了笑道："续得好，浑然天成。多谢今日相探，妾感激不尽。"

这便是认了。

司马槱实在不敢相信，那个仿佛只生活在古老传说中的美人竟然真的出现在自己面前，既然是梦，那就永远不要醒过来罢！

一枕云雨巫山，很快演变成夜夜阳台之会。什么人鬼殊途，全都被这对跨越数百年时光方才得成眷属的恋人抛诸脑后。若是在蒲松龄笔下，司马槱大约逃不过耗尽精气的命运，好在这种情况并没有发生。只是，天下无不散的筵席，司马槱还沉浸在深情款款中，苏小小却前来道别。也许她在痴恋的同时尚且保存着最后一丝清明，知道这样的关系不仅有悖伦常，更是逆天违道。又或许，她生前被情所伤，死后仍然心有余悸，怕自己再次泥足深陷，于是便及早退步抽身。总之，那次告别之后，她便再也没有出现。谁知道司马槱原本是个痴情种子，竟思虑过度，以至于一病不起。

在病榻之上，他一遍又一遍地回味着与苏小小相处的点滴时光，思念的情绪就像贪婪结子的石榴，先是灿烂如火，继而逐渐凋零，却在不知不觉中暗自膨胀，孕育出粒粒晶莹的记忆，甜蜜中带着那么一点点苦涩。他写下了人生中第二首，也是最后一首词作，调子是凄凉愁苦的《河传》：

银河漾漾。正桐飞露井，寒生斗帐。芳草梦惊，人忆高唐惆怅。感离愁，甚情况。

春风二月桃花浪。扁舟征棹,又过吴江上。人去雁回,千里风云相望。倚江楼,倍凄怆。

他的生命就在这种凄怆的情感中走到了尽头。据说在他过世那天,有个舵工看见他带着一个美丽女子走上画船,船尾起了火,二人不见踪影,舵工连忙赶到他的府上,便听见府中传来哭声。也许是考虑到苏小小不能复生,他便舍身陪她,两人载月西湖,真正做那同舟共济的仙侣去了。

苏小小在生之时,被宰相公子阮郁负心抛弃,幸而遇见至情至性的书生鲍仁,但未及相守便阴阳相隔。我们可以做这样一个大胆的假设——司马槱便是鲍仁再世,他们历经了数百年时光的考验,终究还是得以厮守。这样想来,这个故事便可算是真正的皆大欢喜。

诚然,司马槱的《黄金缕》在浩如烟海的宋词中只能算是平常之作,不过因了这个艳异的故事才得以大放异彩。若论《蝶恋花》这一词牌的正音绝唱,还是要归在苏轼名下:

花褪残红青杏小。燕子飞时,绿水人家绕。枝上柳绵吹又少,天涯何处无芳草。

墙里秋千墙外道。墙外行人,墙里佳人笑。笑渐不闻声渐悄,多情却被无情恼。

这是一首尽人皆知的作品,每当失意人逢失意事,无论老弱妇孺,自我安慰抑或是安慰别人,大抵都会说上一句

"天涯何处无芳草"。在今天看来，这句词是非常励志的，但是这普普通通的自然景象中，暗含了苏轼自己那飘蓬般的命运。

柳絮落处，芳草遍生，也许很少有人能够读懂其中的凄凉之意，但是有一个女子得以洞悉，她便是苏轼的侍妾王朝云。这个聪慧绝顶的女子最初在苏轼的生命中亮相之时，只有十二三岁，就凭着明丽的相貌和清新的唱腔给苏轼留下了深刻的印象。当她于破瓜之年嫁给苏轼之后，便成了最懂他的人。那时苏轼仕途不顺，经常怏怏不快。某日他摸着肚子问一众婢女其中有何物，有人答是文章，有人曰是经世之道，只有朝云笑道："是一肚皮的不合时宜。"于是苏轼便给予了她别样的宠爱，调任之时，也都带在身边。

在惠州的那段时间几乎是苏轼人生中最为黑暗的日子，接连左迁加上岭南暑热，毕竟是上了年纪，身体有些吃不消。朝云随侍左右，尽心尽力，见苏轼不开心便唱曲替他解闷。只是每当唱到这首《蝶恋花》，她总是泪水涟涟，唱两句便哑了嗓子。苏轼问她缘故，她说"枝上柳绵吹又少，天涯何处无芳草"那两句实在是无法演唱。苏轼明白，她又一次读懂了自己的心思，虽然有些难过，但更多的是欣慰，于是调笑着安慰她："我这里悲秋呢，你又伤春了。"

春女思，秋士悲，古老的诗歌命题，被他们做出了崭新的诠释。然而天妒红颜，总是无奈。没过多久，一场瘟疫夺走了朝云年轻的生命。苏轼悲痛不已，立誓终生不再填写《蝶恋花》，也绝不再听这一曲调。

其实，无论是妖娆的《蝶恋花》、明媚的《黄金缕》，抑或是悲凉的《鹊踏枝》、清冷的《凤栖梧》，在词坛历史上都享有较高的"点击率"。由此看来，叫什么名字并不重要，重要的是与之相配的凄婉曲调，用来诉说儿女情长，再合适不过。虽然我们再也无缘聆听原音，却也能从现存的词作中读出那种悲凉低回的情感。于是，便让我们放任思绪，肆意描摹那时场景，切身体会一下彩蝶恋花的柔情……

听音频 悟诗情 微信扫码

洞仙歌：乱世红颜不由人

【前言】《洞仙歌》，有中调和长调两体，《乐章集》兼入"中吕""仙吕""般涉"三调，句读较为参差。一般八十三字，前后片各三仄韵，有时词家也会增填一两个衬字，并适当调整句中平仄。本调源自唐教坊，最初用以歌咏洞府神仙，音节舒缓柔和，如同春风骀荡。与那些受人怜爱的"主流"词牌相比，它少了些红尘紫陌的气息，多了点不食人间烟火的清傲。也许正因为有了这样飘忽不定的离世感，才使得后人在填词时任意增减挪移，但这种率性的做法也成为这个词牌的一大亮点，仿佛渺渺然的云外清音，若有若无，一个百步九折的乐句，每次聆听过后都成绝响。

即使是这样不按章法行事的词牌，也要有为之作准的"正音"，历代词家，皆推苏轼做了正。他的一首"冰肌玉骨",无论是从用词还是从意境上看,都是最贴近《洞仙歌》那种神仙风采的。更何况,这首词中还包含着一段曼妙的传说。

事情要追溯到词人七岁那年,那时候他还是个刚刚开始读书的垂髫小童,一派的天真烂漫,自然是不必说的,难得不像他那个二十七岁才开始发奋图强的爹爹,他刚一开始读书便显示出了很不错的天资。大抵圣贤之人的孩提时代,都要有些异兆,或者奇遇,苏轼在同龄人中出类拔萃,这也是毋庸置疑的,但是不久之后,更有一件奇遇,在他幼小的心灵中埋下伏笔。虽然不能说是因此影响了整个人生,但是大致上可以确认,便是这件事使得苏轼初窥词境,不管怎样,至少为我们留下了一首好词,也就够了。

其时距离北宋统一已经有64年之久,太平盛世的安宁渐渐覆灭了绵延战火给人们带来的伤痛,五代十国的故人也都纷纷逝去。相对于听着南唐韵事长大的柳永等人,苏轼这一代的孩子几乎只能从史书中了解那个年代的浮华缭乱。然而苏轼很幸运地遇到了一个目睹过蜀宫旧地之人,并从她的口中,听到了一段梦幻般的场景描述,和一首美妙的词。

她是眉山某个破旧庵堂中的老尼,没有名字,只得一个俗家姓氏——朱。那时她已经九十余岁,眼看行将就木,一只脚已经踏入黄泉。不知苏轼是在什么情况下遇见她,也不知她为何要给这懵懂幼童讲述花蕊夫人的绝代芳华,或许她是讲给别人听的,只不过苏轼年少早慧,竟暗自记下。这些都不重要,重要的是,这两个看似没有任何交集的人在历史都不知道的角落中有了一次匆匆的邂逅，分享了一个早已融化在岁月洪流中的惊艳篇章。

四川古有"天府之国"之美誉，蜀道之难难于上青天却也是尽人皆知的事实，因此，这富庶险要之地历来为兵家所必争。于是在烽烟四起的残唐时节，在这里先后建立了两个政权，以地为名，便称之为"前后蜀"。这两个短命政权都是历经二主，前主争夺天下，后主肆意享乐，颇有点同病相怜的意味。有趣的是，这前后蜀的帝王不成气候，倒是各出了一位绝色美人，令后世称道。她们的美号都是"花蕊夫人"，意为""花不足以拟其色，蕊羞堪状其容"，可惜前蜀那位徐氏夫人，虽然出身不错，但是卖官鬻爵，名声并不太妙。而后蜀的费氏夫人则是才德貌兼备，更衬得上"花蕊"二字，因此后世言道花蕊之名，大都指费氏而言。

后蜀孟昶，十五岁继位，当了三十余年太平君主，仗着山溪之险，一直远离兵戈，亲近声色。他的宫中不仅搜罗天下奇珍异宝，更贮藏川中红颜绝色。然而三千佳丽，都比不上歌姬出身的费氏。她不仅生得月貌花颜，更写得一手好诗，这样内外兼美的人儿，让孟昶爱不释手，不仅破格封为贵妃，更赐了"花蕊夫人"的美名。自此日夜相伴，什么辜负香衾事早朝，早成梦中言语。

孟昶惧热，每到夏天便烦躁不已。偏生花蕊夫人天生冰肌玉骨，即使炎夏也遍体清凉。这种微妙的互补使孟昶对于她的依赖又增加了几分。他命人在宫中摩诃池上建了水晶宫殿，以作避暑纳凉之用。到得暑热天气，便携花蕊夫人入住其中，琉璃砖瓦，碧玉窗户，鲛帐冷衾，冰簟玉枕，加上身边伴着妙人，当真是不知今夕何夕。

这样一个耽溺享乐的君主，倒是虔诚的佛教徒，宫中常有高僧往来。苏轼所遇见的老尼，那年还只是个十来岁的小女孩，缁衣素履，跟在师父后面，惴惴不安地踏入皇宫，好奇地打量着金碧辉煌的一切。夜幕降临，一切都安静之后，不远处忽然传来渺渺的歌声。在好奇心的驱使下，女孩偷偷跑出房间，循着歌声一路走去。来到摩诃池畔，遥见水面上有一座神仙洞府般的水晶宫室，一个仙子般的人物，斜倚栏杆，那美妙的歌声正是从她口中传出。长伴青灯古佛，终日诵经课读的女孩何曾听过这样旖旎的词曲，心儿轻轻颤起来，好像有什么东西呼之欲出。她并没有特意记诵那些动人的句子，但在以后的漫漫岁月中，从来没有丝毫忘却。

很久以后，她才知道那个女子便是传说中的"花蕊夫人"，那时天下几乎都改宗姓赵，蜀国故老中流传着一诗一词，人人听了都摇头叹息，道是大宋天子忒也无耻，为了独占花蕊夫人，竟将后主鸩杀。那诗与词的内容，她都记得：

初离蜀道心将碎，离恨绵绵，春日如年，马上时时闻杜鹃。三千宫女皆花貌，共斗婵娟，髻学朝天，今日谁知是谶言。（《丑奴儿》）

君王城上树降旗，妾在深宫哪得知。十四万人齐解甲，更无一个是男儿。（《述国亡诗》）

这是男人的天下，女人至多是争夺时可有可无的砝码及锦上添花的战利品。如她这般自幼遁入空门，似乎还算一件幸事吧！谁知道呢！她垂下头，继续扫着庭院中的落叶。花开花落，几十年时光匆匆而逝，遥闻那人早归黄土，除了多诵几卷经文之外也别无他法。直到期颐将至，蓦然回首，才发现在心中某个不曾对佛祖坦白的角落，始终留存一段美好记忆。她并不知道，面前这个小男孩在未来会成为名垂千古的文豪，托他的福，她也算是在历史上轻描淡写地留下了一点痕迹。不过这些不重要，她只是想在生命的最后光景里，重温一下那个美妙的夏夜而已。

匆匆又是四十年，当年的男孩也近了天命之年。在歌咏"大江东去"的豪情之余，不知因了什么由头，忽然便从忘川中打捞出一段似梦似真的故事。印象中的老尼已是面貌模糊，似乎只剩下一个伛偻枯瘦的剪影，那首词也是一鳞半爪，不成体系。然而，"冰肌玉骨，自清凉无汗"始终像是一个绮丽的咒语，牢牢地困惑着他的思绪。查阅书籍，发现后主的《木兰花·避暑摩诃池上作》中如是写道：

冰肌玉骨清无汗，水殿风来暗香暖。
帘开明月独窥人，欹枕钗横云鬓乱。
起来琼户寂无声，时见疏星渡河汉。
屈指西风几时来，只恐流年暗中换。

也许那老尼将句子记岔了罢！可是将这首句摊破，似乎意味更加缠绵悠远，让人欲罢不能，何不将错就错，重新填写呢？在某个风露微凉的夏夜，苏轼终于决定重新填写这首词。在尝试了很多词牌之后，他选择了《洞仙歌》，于是，花蕊夫人的风姿，在雪藏百年之后，就这样重新现世了：

冰肌玉骨，自清凉无汗。水殿风来暗香满。绣帘开，一点明月窥人，人未寝，欹枕钗横鬓乱。

起来携素手，庭户无声，时见疏星渡河汉。试问夜如何？夜已三更，金波淡，玉绳低转。但屈指，西风几时来，又不道，流年暗中偷换。

翻用后主原意，却因了浸润数十载的填词功力和豪放词家独特的节奏感，使得这首词较原词更为工整。花蕊夫人那恬淡的美，像是经年的女儿红，尚未品尝，闻香先醉。在别人处，他们是千夫所指的失德君主与亡国祸水，可是在苏轼看来，不过就是一对痴缠的有情人罢了。他在词中融入了真心的祝福与惋惜，又暗合自身那漂萍般的命运，于是这一首摇曳心神的《洞仙歌》，就此传唱开来。

　　流年，真个是偷换。

千秋岁：千秋万岁却哀声

【前言】《千秋岁》，双调七十一字，上下片各八句，五仄韵，上片起句比下片起句少一字，其余句式全同，又名《千秋节》《千秋万岁》。需要注意的是，《念奴娇》有一个别名与它相重，另外还有八十二字的《千秋岁引》，不是同一曲调。据传开元十六年八月初五，正是玄宗生日，百官上表请定此日为千秋节，于是便开创以帝王生辰为节日的先河。年年八月初五，玄宗于花萼楼头大宴群臣百姓，举国放假三日以示欢庆。乐师白明达为此创作了《千秋乐》的教坊曲调，白明达是龟兹人，因此这首曲子带有古朴旷达的西域风味。宋人根据旧曲另制新曲，就成了词牌《千秋岁》。有呜咽悠扬的"歇指调"和清新缠绵的"仙吕调"等。

将《千秋岁》写成"仙吕调"，是张先的做法。这位著名的"云破月来花弄影郎中",一生风流不羁,词风近于柳永,清新缠绵是必然之事。他八十岁时还娶十八岁女子为妾,因此被苏轼嘲弄为"苍苍白发对红装""一树梨花压海棠",传说他最大的儿子和最小的女儿年龄相差六十岁,足足两代人还有余裕,真是令人哭笑不得。不过,人品作风姑且搁下不表,他的词作当真是极为美妙。也许正因为一直有一颗多情的少年心,所以才能写出那些柔情似水的小词吧。他的《千秋岁》,当真是心思奇巧,令人叹服:

数声鶗鴂,又报芳菲歇。惜春更选残红折。雨轻风色暴,梅子青时节。永丰柳,无人尽日花飞雪。

莫把幺弦拨,怨极弦能说。天不老,情难绝。心似双丝网,中有千千结。夜过也,东窗未白孤灯灭。

虽然这首词背后的故事并未见诸史料,但是我们完全可以想见写作当时的场景,必是心绪纷乱,眉头紧蹙。"鶗鴂"便是杜鹃,一声声,不如归去,扰得人旧愁未解更添新愁,才过春日,却风吹雨打,当真不给人留下丝毫的希望。最妙就在"天不老,情难绝。心似双丝网,中有千千结"一句,天若有情天亦老,天不老便是因为无情,可是人情难绝,所以总是要老的。这百结的心思,成了天罗地网,将人罩在其中,挣不掉,逃不脱,只有越缚越紧,最后以窒息终结。

现代作品中化用诗词意境的不在少数,琼瑶可能是影响最深的一位,她的《寒烟翠》《彩云飞》《庭院深深》等都是直接从诗词里截取的，而《心有千千结》则是将张先的这两句裁剪合并，读起来意外地美妙顺畅。因为她，这首词在诗词文化逐渐老去的今天，还能保持着相当不错的知名度，也算得上是一件难得的韵事了。

左右已经不再是帝王生辰大宴上的正乐，对于乐律的要求也就不怎么严格。不过，如张先这样将《千秋岁》作为"仙吕曲"来演唱的毕竟还是少数，那悲情的"歇指调"才是主流。后世填词寻找范例，一般以秦观的《淮海长短句》为准。而说起秦观与《千秋岁》的关系，只能用"冥冥之中自有定数"来形容了。

秦观是"苏门四学士"中最得苏轼喜爱的一位，他才思敏捷，风流俊朗，算得上是一时无两的人物。后人为了美化他的文学形象，给苏家编出一个聪明伶俐的小妹与他结成伉俪，可见不光苏轼对他青眼有加，世人对他也是颇有眷顾的。

这样一个文坛妙人，偏偏跟师父苏轼命运仿佛，宦海浮沉，受尽愁苦折磨。科举连年失利，终于名登金榜却又受到政治风潮的挤压，好容易熬得苦尽甘来，顺风顺水不过三年，便又因为新旧党之争被接连贬谪。可惜，他没有苏轼那样的豪迈胸襟，他是婉约派的男儿，有着极为细腻敏感的心思，只合花前病酒，浅酌低唱。这种崎岖坎坷的人生路途使他的词作充满愁绪，读来千回百转，使人潸然。

翻开宋史中的年表，我们可以发现，北宋有三个皇帝继位时还没成年，由太后把持朝政。仁宗时的太后刘氏和哲宗时的太皇太后高氏，都是女中尧舜，虽然架空皇帝一手遮天未免令人诟病，但都把朝政治理得井井有条，这是令世人称道的。也许是因为男人和女人的政治理想有所差异，又或者是年幼的皇帝长期被压制，以至于产生严重的逆反心理，总之太后跟皇帝之间的分歧从来就没有停止过。尤其哲宗一代，新旧党争愈演愈烈，高氏支持旧党，重用司马光等人，哲宗却不以为然。元祐九年太皇太后高氏崩逝，少年皇帝终于得以亲政，压抑太久总需要爆发，于是政局在一瞬间发生了翻天覆地的变化。旧党人物悉数被调离京师，新党故人则相继还朝。一座城门，进来的春风得意，出去的黯然销魂。在遭遇贬黜的队伍中，便有时任秘书省正字兼国史院编修的秦观。

左迁总非单行之祸，盖因一朝失势，便有小人在一旁落井下石。秦观被贬杭州通判，尚在赴任途中，便被人告了御状，罪名是"诋毁先帝"，于是诏书再下，逼他直接改道向南，到处州当了个小小的"监酒税"。这个官职不光低微，而且也没什么事情可以作为，处州这个地方又没有名山大川可供游历，因此秦观在百无聊赖之际，作了一首《千秋岁》，抒发伤春之情：

水边沙外，城郭春寒退。花影乱，莺声碎。飘零疏酒盏，离别宽衣带。人不见，碧云暮合空相对。

忆昔西池会，鵷鹭同飞盖。携手处，今谁在？日边清梦断，镜里朱颜改。春去也，飞红万点愁如海。

世人作词，凭的是才能，秦观却全凭一颗真心。西池盛会，正是他一生中最得意的时光，而今旧僚零落，伴随身畔的只有飞花落红，当真是天上人间。这首词写出了那场政治斗争中所有失利者的悲苦心境，因而陆续有人应和。苏轼见到这首词的时候远在儋州，受着仅次于死刑的非人折磨，对于秦观的愁苦他深表理解。不过，豪放派的作为与婉约派终究还是有所差异，同样一首悲凉的《千秋岁》，竟然被他唱出了一种豁达的豪情：

岛边天外，未老身先退。珠泪溅，丹衷碎。声摇苍玉佩，色重黄金带。一万里，斜阳正与长安对。
道远谁云会，罪大天能盖，君命重，臣节在。新恩犹可觊，旧学终难改。吾已矣，乘桴且恁浮于海。

苏轼不愧是为人师者，眼界之高，秦观只有拜服。相比之下，黄庭坚的和词来得便迟了些，斯人已经亡故，酬唱不成，只能当作挽歌：

苑边花外，记得同朝退。飞骑轧，鸣珂碎。齐歌云绕扇，赵舞风回带。岩鼓断，杯盘狼藉犹相对。
洒泪谁能会，醉卧藤阴盖，人已去，词空在。兔园高宴悄，虎观英游改。重感慨，波涛万顷珠沉海。

在朝交游时的场景，真是意气风发，鲜衣怒马，而今想来，依然历历在目，但是那个策马同游的人已经不在了。他就像是一颗明珠，永远沉入了波涛汹涌的海底，再也不能在宴席上相对而坐，直喝到酩酊大醉，杯盘狼藉。这首词中需要注意的是"醉卧藤阴盖"一句，因为这关系到一个相当著名的"词谶"。

当年秦观写下那首《千秋岁》之后，人们在称道之余也有一丝担忧，因为词中的意境实在是太不吉利了。愁如海，比李后主愁似一江春水还要深沉，而且据说人死之前相貌上会有些变化作为预兆，"镜里朱颜改"正是应了景的。当年李煜"只是朱颜改"和钱惟演"鸾镜朱颜惊暗换"，都作于死前不久，可见这种说法不是没有道理。后来秦观又因为"私写佛书"而再度接二连三地左迁。郴州、横州、雷州……迁谪之地越来越远，还京自然是不指望了，归乡亦是遥遥无期。在雷州期间，他于梦中得了几句词，便写下了一首《好事近》：

春路雨添花，花动一山春色。行到小溪深处，有黄鹂千百。

飞云当面化龙蛇，夭矫转空碧。醉卧古藤阴下，了不知南北。

就这样辗转了十余年时光，蹉跎了千百个日夜。终于朝中又生了变故，一朝天子一朝臣，哲宗驾崩，徽宗即位，迁臣多被召回。这时候徽宗也还只有十七八岁，朝政由向太后把持，旧党的得意与失意，竟然全系于妇人之手，兜兜转转，又转回到了起点附近，群臣吏民不过是皇家游戏中的棋子而已。

秦观的仕途终于重现光芒，但是他的生命也在这时候走向了尽头。那年五月，藤州光华亭，秦观抱恙出游，游玩的过程中有些口渴，便向随从索水。但是水碗端来的时候，他只是看着那晶莹澄澈的液体笑了笑，便溘然长逝。生时坎坷牵绊，死时却安然静默，不知是否可以称之为福祉。

当年玄宗设置"千秋节"，以期千秋万岁，可是他并没有活过百年。而秦观的一首《千秋岁》，到如今当真历经了千年时光，犹自鲜活动人。这也许是历史的冷笑话，仔细想来却是那样的隽永深沉。

兰陵王：百炼钢化绕指柔

【前言】《兰陵王》，宋代流传两种曲调。其中"越调"分三段，二十四拍，共一百三十字，词中非常少见。第一段七仄韵，次段五仄韵，末段六仄韵，比较适合用入声填写。词中三叠，曲调一叠胜似一叠激越，据说到得最后，竟是只有经验丰富的老乐师才能执笛吹奏出的人间绝响。而"大石调"分两段，十六拍，少有流传。

词牌中有一类是以人物命名的，诸如《念奴娇》《何满子》等，本调便属于此类。念奴与何满子是唐代歌人，技艺出类拔萃，又是柔弱红颜，十分适宜被词这种"簸弄风月"的文学体例所书写。偶尔也有《阮郎归》《安公子》这样使用男子之名的词牌，然而总嫌有些阴气过剩。相比之下，《兰陵王》字字铿锵，且不失浪漫色彩，的确是一个很特别的名字。当然，这个名字也是源于一个特别的人。

且说三国归两晋，两晋又分了南北朝，一旦合久必分之后，天下纷纷攘攘，四处金戈铁马，不得蓄息。今日你得了三千里地山河，明日我失了百二十阙城关，总之是一片生灵涂炭。在长达一百多年的时间里，频繁更迭的政权仿若一畦春韭，剪了一茬又一茬。好在比之前的五胡十六国及以后的五代十国强些，南北主要政权加在一起总共只有九个。

虽然这是中国历史上著名的荒唐时期，若是论资排辈的话，北齐恐怕是要比其他几个政权略胜一筹的。从神武皇帝高欢生生架空出一个东魏开始，血统贴近鲜卑的高氏一族就从没有停止折腾。虽然实际享国不过二十八载，历经三代八帝，却从未停止过钩心斗角、荒淫暴乱之事。在这样一个疯狂的皇室家庭中，竟生出了一个完全不一样的孩子。他就像是沙砾中的金块，虽然一眼望去不甚分明，但是在阳光下便会熠熠生辉。

541年，正是高氏控制的东魏和宇文氏控制的西魏对峙的紧要关头，高欢的长子高澄作为世子，正为了纷至沓来的国事焦头烂额，几乎完全没有注意到自己什么时候多了一个儿子。这孩子的母亲地位低微，只不过偶然承幸，生了男孩之后她的境遇似乎也没有什么改变。后来高澄终于想起来有这么一个女子，有这么一个孩子，便给他取名"高肃"，字"长恭"，又依据前几个儿子的名号，另取了"孝瓘"二字，算是认下了这个儿子，却也一直淡淡的没什么关爱之意。后来高肃越发生得粉妆玉琢，人人都说像极了他幼时的模样，这才稍稍多加了一些关注。

高澄完全继承了自己那来自白部鲜卑母亲的相貌，皮肤白皙，容貌俊美。高肃则是青出于蓝，虽然轮廓上与父亲酷似，但更加精致，漂亮得有些不像男孩子。高澄有时候会想，这孩子将来许是要吃长相的亏。然而他并没有见到高肃长大以后的模样——549年，篡国之事已经进行到了尾声，几乎只差登帝，他却被厨工刺杀，十几年来的心血都便宜了弟弟高洋。

高洋没有继承高家优秀的显性基因，虽然跟高澄一母所生却长相丑陋，但其骨子里的疯狂与父兄相比有过之而无不及。他以杀人为乐，手段之残忍，已经达到了令人发指的地步。在这样弥漫着血腥气息的背景之下，高肃默默地成长起来，随着岁月的流逝，他的相貌已经不似孩童时期一般珠明玉润，却仍然是偏于柔美，惊艳有余而震慑不足。也许是巧合，也许是冥冥之中有所注定，这个如同空谷幽兰一般的男子成年后的受封之地，便是屈原以香草命名的"兰陵"。

高澄曾经有过的淡淡忧虑，在这个时候完全得到了验证。兰陵王高肃骁勇善战，且体恤将士，深得军心。只是每逢迎敌对阵之时，总是因为那比女孩儿家还要美上几分的容颜而被对方轻视。两军对阵，士气是取胜的关键，主帅被人轻视，齐军士气自然无法得以充分发挥。高肃一怒之下，令人打造了一副假面，每逢对敌时便将脸完全遮住，只露出一双坚毅的眸子，精光慑人。这样一来，在战场上便再也无人小觑他，于是屡战屡胜，殊无败绩。

高氏未坐天下，便先与宇文氏结下了不解之仇。后来宇文氏灭西魏立北周，依然是两军对峙的局面。564年，北周十万大军围困洛阳，北齐帝高湛火速调集国内各方军队前往支援。然而在铜墙铁壁一般的包围下，他们屡屡失败。眼看洛阳失守在即，忽然从后方杀出一支精骑。虽然只有五百余人，却个个是不要命的狠角色，尤其是当先的主将，脸戴狰狞面具，不怒自威，所过之处血流成河。如是这般，万夫莫敌，转眼冲杀至洛阳围城之下。守城的将士已然被眼前的景象惊呆了，然而多日的围困使他们产生了强烈的不安全感，面对这天降援兵，他们生恐是北周的陷阱，于是要求对方摘下面具一看究竟。

来将爽快地除了面具头盔，瞬时之间，风云失色，天日无光。唯见得金墉之下，一人立马横槊，身姿凛然，三千青丝随风飞散；让女子都自愧不如的俊秀容颜，在染血银铠的映衬下，呈现出隐隐的肃杀之意，宛若天神降世，教人忍不住想要匍匐膜拜，即使为他肝脑涂地，也在所不惜。

不知是谁喊出了"兰陵王"的名号，于是城上一齐高呼，在外围冲阵的队伍也跟着呐喊，洛阳城门轰然洞开，高肃率领着如同出柙虎兕的守军，里应外合，顿时将北周军队杀得丢盔弃甲，四散奔逃。这一战，为北齐短暂的历史增添了光辉的一笔，后人称之为"邙山大捷"。洛阳守军感念高肃相救之德，合力编成一支新的舞曲，由一名男子戴上面具，模拟高肃破阵的指挥击刺等动作，配以雄浑古朴，富含北方少数民族风味的军乐，称之为《兰陵王破阵曲》。这首曲子以难以想象的速度传遍了北齐三军，兰陵郡王的骁勇人尽皆知。很明显，经此一役，年仅二十三岁的高肃俨然成为军队中的灵魂人物。

木秀于林，功高盖主，在任何一个封建王朝都是颇为忌讳之事，更何况是高氏这样专门盛产疯子和狂人的家族。当《兰陵王破阵曲》终于传到宫中的时候，高肃那年轻而鲜活的生命也在不知不觉中趋向了黑暗的尽头。那时高洋早已亡故，当政者在短短几年内换了几人，总归是高家叔侄你死我活的斗争罢了。邙山大捷次年，年仅九岁的高纬继位，这个孩子自幼目睹了太多的血腥与杀戮，以至于小小年纪心灵就已经极度扭曲。他对高肃说："洛阳之围，哥哥入敌太深，一旦有个三长两短，那可是追悔莫及的事情。"高肃平时待人宽厚，心地善良，哪里会想到这个乳臭未干的小堂弟是在给自己设套，顺口就回答道："都是自己家的事情，当时也没有想那么多。"

高纬听到高肃竟然把战争说成是"家事"，顿时起了忌惮之意。虽然字面上的意思并没有错误，但终究是触了君王逆鳞，自此，小皇帝便存了除掉高肃的心思。

高肃虽然心怀仁厚，出淤泥而不染，但他毕竟在高家这个充满糜烂和血腥的环境中生活了二十几年，对于自己将来的命运也有一定的洞悉。当他发觉高纬看他的眼神有了变化，便开始勉力寻求自保之路。可是他之前的人生太过完美了，几乎找不出什么漏洞来自毁形象。他不耽溺美色，多年来枕边只有郑氏王妃一人，邙山大捷之后，武成帝高湛差人赐了他二十名美妾，实在推辞不过才随便选了一名收下来；他也不崇尚暴力和权力，对手下军士、仆从都是平等相待，平时有了稀罕东西，总是拿去跟将士们一道分享。思来想去，唯有将自己包装成一个贪财如命的吝啬鬼了。他开始收受贿赂，兼放高利贷，想要通过这种"自晦"的方式让高纬对他放松警惕。为了避免继续积累军功，他一直称病不出战，战事告急的时候，他恨不得自己当真病上一场才好。当年那个意气风发的兰陵王，至此彻底被残酷的现实逼迫成了一头惘然的困兽。

然而高纬还是没能放过这样一个自敛锋芒只求明哲保身的人。伪装了多久，也就痛苦了多久，当那只被红绫托盘擎着的玉盏送到高肃面前时，他泠然一笑，苍白的面孔上泛起了久违的血色——终于，终于可以解脱了。他命人燃起火盆，拿出厚厚一沓纸，看也不看便尽数焚了。那是他放贷的借据，本来便是障人耳目的产物，如今大限将至，何必让那些穷苦的人跟着陪葬呢！

高家是中了咒的家族，自从得了天下，几乎人人不得善终。相比之下，一杯鸩酒得留全尸，当真是成全了高肃。借据燃烧的灰烬在眼前飘飞，宛如世间最昂贵的冥纸。火焰熄了，灰烬冷了，香醇的兰陵美酒却在喉间滚烫，那是来自这个残酷世界的最后暖意。

高肃死后四年，北齐灭亡。

历史的波澜很快冲淡了关于这个疯狂家族的记忆，鲜血干涸之后也不过是史书中的褐迹斑斑。但是那一首《兰陵王破阵曲》奇迹般地辗转保存下来，连同那个貌柔心壮的男子，一道在世人心中永葆不老的青春。隋唐时期，它一度成为宫廷乐曲，直到唐玄宗御笔批为"非正声"，下诏禁演。天子金口玉言，于是，如同当年被迫放弃军权自晦称病的兰陵王本人一样，《兰陵王破阵曲》在所谓"教坊正声"的压迫下演变成为"软舞"，金戈铁马的厮杀化作缭绫绮罗的缠绵，虽然不甘，却亦无可奈何。

何意百炼钢，化为绕指柔。当年高肃是如何一步一步退让，而今《兰陵王破阵曲》就是如何一步一步改写，宿命像是一个走不出的迷宫，兜兜转转，又绕回到原点。到了宋代，"破阵"二字已经彻底被摒弃，当年的战神之舞变成了慢词词牌，在红粉楼头，皓齿朱唇间婉转清音。

好在，历史总能帮落寞之人寻找知音，哪怕中间相隔数百年岁月。当《兰陵王破阵曲》演变为《兰陵王慢》之后，还是有人能够在词牌残存的激昂音韵中，读取一些高肃当年的悲愤之情，糅合自己的际遇，作上一首绝妙好词的。兰陵王泉下有知，或者可以得到些许慰藉！谁知道呢？

北宋词人周邦彦，虽然有个"清真居士"的字号，行事却任意风流，"真"性情是有的，"清"高就未必。前面提到，他因为一曲《少年游》惹恼了宋徽宗，被逐出京城，却又靠着另一首词平息了天子怒火，而让宋徽宗咬牙忍痛拼着出尔反尔之名也要留下情敌的妙词，正是这首《兰陵王》。

周邦彦被迫离京那日，烟柳满城。距离当初为逗一时之快写下"马滑霜浓"之句，不过月余工夫，谁曾想那年春天来得这般殷勤，仿佛赶着给他这逐臣送行一般。

兰舟催发，最后望一眼京华烟云，正待登船，远处忽然传来熟悉的琴声。遥遥望去，那个动人心魄的女子正坐在柳荫之下，手寄七弦，目送远客。她身上穿着淡绿春衫，袅袅娜娜，像是一树多情的新柳。周邦彦忘情地走过去，叫道："师师姑娘何必相送，让官家知道了，美成又该新添罪名了。"

李师师嫣然道："我偏要让他知道，他是个爱才的，再怎么样也舍不得杀你。"说着命丫鬟拿出酒菜，亲自为周邦彦斟酒，指如春葱，丹蔻新染，衬着羊脂玉杯和杯中琥珀色的美酒，真个是赏心悦目。周邦彦未饮之时，先自有了几分醉意。李师师再三相劝，他便愈加醺然，眼前一片青翠欲滴之色，简直分不清哪里是佳人，哪里是柳荫。酒兴催发了词兴，于是打开行囊拿出纸笔，就着琴几，挥毫泼墨起来。写完之后，献宝一样拿给李师师观赏，李师师接过来一看，是一曲慢词，调寄《兰陵王》，字迹疏狂，还密密麻麻附着工尺谱，是以看了半天才辨出词意：

柳阴直，烟里丝丝弄碧。隋堤上，曾见几番，拂水飘绵送行色。登临望故国。谁识京华倦客？长亭路，年去岁来，应折柔条过千尺。

闲寻旧踪迹。又酒趁哀弦，灯照离席。梨花榆火催寒食。愁一箭风快，半篙波暖，回头迢递便数驿。望人在天北。

凄恻，恨堆积。渐别浦萦回，津堠岑寂，斜阳冉冉春无极。念月榭携手，露桥闻笛。沉思前事，似梦里，泪暗滴。

别离之恨，迁谪之愁，尽数融在一首词中，叫人读来不禁潸然。李师师强笑道："真的好词，抵得上柳屯田一首'晓风残月'。"说着照那工尺谱在琴上拨弄两下，复又皱眉道，"这第三叠忒也难弹，尤其是末句，接连六仄声，我却哪里有这样低的嗓子，别是写错了吧？"

周邦彦笑道："写错自然是不会的，这曲子原是军乐，改成慢词，自有顿挫之处，我先教你唱了，回头你得找个老乐工配曲子才好。"当下将《兰陵王》的故事来历，慢慢说与李师师听了，又教她如何放低嗓子，拿捏拍数，直到舟子再三相催，这才依依不舍地分别。垂柳千条，终于系不住行舟，一个在岸上，一个在船头，遥遥相望，渐行渐远。

李师师回到樊楼，见一干人等全都如临大敌战战兢兢，原来徽宗前来，得知她不在，算准是去送周邦彦了，这会儿正在大发雷霆。于是她走进房中，盈盈拜倒，口称万岁。徽宗正烦躁不堪，见她回来，也没甚好声气，冷冷道："可是去送周美成了？胆子不小啊！"

李师师从容不迫地回答道："汴京的勾栏瓦肆，谁家女儿不想得周大人一首词，偏生贱妾蒙周大人青眼，日常所唱的曲子竟然有十之六七出自他手。亏了清真词撑场，贱妾方才有了点薄名。周大人于妾有知遇之恩，此时却因妾获罪，不去送行实在于心不忍，请陛下恕罪。"

徽宗的一腔怒火被李师师几句有条不紊的软话儿浇熄了

一半,再看她眼圈微红,泫然欲泣的模样,不由得又生了几分怜惜之心,忙将她搀扶起来,叹道:"你们……罢了……那人,有没有写新词给你?"

李师师见徽宗语气趋于缓和,连忙拿出周邦彦的新词,道:"今天这词可要命,意思是极好的,就是调子忒也难唱,莫污了陛下的耳朵,暂且先看看词,待妾练熟了再拿来献丑。"

徽宗看那工尺谱,确实不易把握,于是将词从头到尾读了一遍,怔了半响,无奈地摇头笑道:"好一个'京华倦客',害朕气不起来,改日找个由头把他调回来吧!"

就这样,周邦彦凭借《兰陵王》重新回到京城,而这首救命的词,在李师师的传唱下很快成了汴京最流行的曲子。由于曲中咏柳,又是三叠层层递进,因此又被称为《渭城三叠》。末叠音调激越词意却沉寂,需要十分高超的演奏和演唱技巧相配合,一时之间,竟成考校乐工歌姬本事的一等题目。这古老的曲子,虽然已被岁月打磨得遍体鳞伤,却依旧挣扎着将最后一点本色淋漓尽致地发挥出来。一如几百年前,那个饮下鸩酒之前,还记得烧光借据的绝美男子般,倔强而安然。

当时光密码再度拨乱,回首之际,关于兰陵王最后的记忆只剩下那些凄美的文字,那一再删改的音乐,终于消散在风月之中,不复存在。仿若傲尔远逝的影子,你伸手想要挽留,掌心里却空空如也。好在《兰陵王破阵曲》曾于唐朝初年传至日本,流传至今,基本保持原貌,并于20世纪90年代传回国内。失却于时间的纵深，复得于空间的延展，岂非宇宙所开的终极玩笑？

然而，化身为词牌的《兰陵王》不可复得，终究还是遗憾的。现如今，我们所能做的，最多是参谒千里孤坟，对着一方封土遥遥想见那人当年的风姿；抑或在一个冷清清的春日，独自行吟在种满垂柳的水边，体验一下"闲寻旧踪迹"的惘然。

第二章
韵事·华典天成

落红流翠，皆能入诗；绮梦华筵，皆能成典。

当典故遇上词牌，转瞬之间，变幻了风月，最是别样风情……

"据事以类义，援古以证今"，大概从有文章诗赋以来，文人就学会了用典。好的典故能使文章更加严谨，能使诗歌增添魅力，所以千古以来从无衰歇。

很多词牌都源于名句，事实上，词牌最初的名字很多都是实际意义上的吟咏对象，后来才演变成固定的题名。也就是说，这些有典故出处的词牌，最初便是对典故本身的吟咏。

有趣的是，最初的词本身并不崇尚用典，到了南宋却又忽然满篇都是典故。大概是因为北宋社会相对安定，于是文人心绪稍显直露，摹状风月，抒发情感，倒也不需要太多经典来佐证；南宋时节，山河破碎，人如风中飘蓬，政治上谗谄蔽明，邪曲害公，因此只得从古人那里寻求安慰了。

典故就如同文苑中的珍珠，随意点缀，便可使万物增辉。本章我们就走进典故的世界，一览芳华。

一斛珠：君恩如水空遗恨

【前言】《一斛珠》，双调七十五字，仄韵。"斛"是计算容积的单位，一斛等于十斗，据专家考证，一斗等于今天的两千毫升，如此看来，倘若真的有一整斛的珍珠摆在面前，那当真是一笔不小的财富。然而在失意女子的心中，这笔财富竟然与尘土无异，可见人各有志，这也是没有办法的事情。

世人尽知玄宗与杨妃的千古长恨，然而又有谁知道，因为这一场旷古惊奇的爱恋，有多少后宫佳丽恨断了柔肠。穷尽一生也未见君王之面的上阳白发人，不过是其中一个苍白的剪影。在这些空老宫中的可怜女子中间，有一个还算得上幸运，至少她得到过玄宗的一时眷宠，而且还留下了一段璀璨如珠的诗话传奇。

"汀洲采白苹,落日江南春。"她的名字,叫江采苹。

当年武惠妃过世之后,玄宗一直快快不乐,高力士便广采秀女,希冀重开天颜。功夫不负有心人,在福建莆田,他找到了出生在医学世家的江采苹,十六七岁的盈盈少女,生得雪肤花貌,通晓诗文乐舞,当真蕙质兰心,无可挑剔。高力士不愧是最知晓圣意的人,他从见到江采苹的那一刻起就知道这个女子一定会得到玄宗的喜爱。结果不出他所料,玄宗对江采苹宠爱有加,因其生性爱梅,便封为"梅妃"。虽不合礼制,却足以体现君王深沉而真挚的爱意。

在相当长的一段时间内,江采苹真个是"三千宠爱在一身"。各地官吏为讨好她,争相进献品相珍奇的梅花。她居住的宫苑中,每到冬春之交,便是嫣红雪白的锦绣世界。

然而君王薄幸,自古以来便是定数。当华清池的水波浸润了凝脂般的肌肤,当霓裳羽衣的华美盖过了《凌波曲》的淡雅,杨玉环出现在玄宗的生命里,娇弱不胜的风情吸引了这位盛世帝王的全部注意力。于是,江采苹如同一颗弃置妆奁的明珠,蒙了尘垢,黯淡了华彩,不再被人捧于掌心中怜惜,甚至不再被忆起。

昔日芙蓉花,今成断根草。虽然也懂得以色事人不得永好之理,女儿家的心事终究脆弱缠绵,不得解脱。上阳东宫里住满了被"杨妃遥侧目"的女子,是处红消翠减,还有谁记得当年咳唾成珠的梅妃江采苹呢?

所有的怨怼,爆发在那一个马蹄凌乱的晌午。许久以前,这样的马蹄声代表着地方官贡来新奇品种的梅花,而现在，贡使与马匹依旧，贡品却变成了新鲜荔枝。梅花是江采苹的化身，纤纤袅袅，瘦骨临风；而荔枝晶莹玉润，清香甜腻，像是那个夺去她幸福的人。

恍如隔世。

在满心的伤怀中，江采苹做出了最后的挣扎。她决心效仿千金买赋的陈阿娇，拿出全部的积蓄，托人为她写一篇华彩文章，以期引起天子注意。但是，情随事迁，如今所有能舞文弄墨的才子都去歌颂杨玉环的天人之姿，谁还有时间在意一个失宠的妃子。再一次被残酷现实打击的江采苹只好自己操起笔墨，书写内心的无尽哀伤。铺张扬厉的大赋她是无力规划的，抒情小赋却并非难事。一字一句，皆如杜鹃啼血，仿佛笔尖饱蘸的不是香墨，而是自己的泪水。

玄宗看到这篇《楼东赋》的时候，心尖像是被轻柔坚韧的丝线狠狠扯了一下，有些甜蜜的抽痛。园中盛放的梅花，提醒他曾有这样一个女子陪伴他度过孤寂的时光，御案上的红笺小字，倾泻了全部的美好回忆。然而感慨归感慨，杨玉环的妒意还是要顾及的，他差人甄选了一斛上好的南浦珠，送到梅妃那里，权当是感念旧情，聊表心意。

江采苹自送出《楼东赋》之后，虽然没有寝食难安，却也日夜思量。君王回心转意重拾恩宠的场面在脑海中闪现了一次又一次，越来越清晰，却也随着时间的推移越来越迷茫。

许久无人问津的宫门终于打开，迎来的却不是銮驾，而是板着脸的传话宫人和一斛价值连城的珍珠。

这斛珍珠彻底让江采苹断绝了承恩的念想，明珠虽然珍贵，终究是不能言语的。对于一个失宠的妃子来说，珍珠饰物、珍珠粉等点缀容颜之物完全派不上任何用场，放在那里徒然生尘，简直同病相怜。

于是，冷然的泪水，滚落如珠。

次日，玄宗收到一首名为《谢赐珍珠》的七绝作为谢恩的回答。不过，与其说是谢恩，倒更不如称之为埋怨：

柳叶双眉久不描，残妆和泪污红绡。长门自是无梳洗，何必珍珠慰寂寥。

短短二十八字，承载着这个苦命女子最后的高傲。玄宗一声长叹，心血翻涌，号令教坊填唱新词，是为《一斛珠》。

那些珍珠，最终和它们的主人一起，在安史之乱的烽烟中委于尘土，不知所踪。零落民间的梨园子弟却将《一斛珠》的曲子保存下来，一直辗转到残唐五代之后，被另一位天子所珍赏，并填词送给心爱之人，从此得以传世。

这样风流俊赏之事，除了南唐后主李煜李重光，却还有谁能做出来呢？

李煜十八岁迎娶大周后，夫妻情深意切，闺房之乐绵密无穷。大周后虽为后宫之首，当时也不过是个妙龄少女，玩闹的心思甚重，加上与李煜志同道合，每每不顾烦琐的礼仪，做出些出格举动，惹得少年天子又怜又爱，忍不住以绮艳的宫词相赠。其调正是久绝踪迹的《一斛珠》：

晓妆初过，沉檀轻注些儿个。向人微露丁香颗。一曲清歌，暂引樱桃破。

罗袖裛残殷色可，杯深旋被香醪涴。绣床斜凭娇无那。烂嚼红茸，笑向檀郎唾。

堂堂帝后，不仅未辍针线，还在做女工的时候将咬断的丝线吐向九五之尊，怎一个奇字了得。从词中可以看出，李煜对于大周后是用情至深的。这样类似寻常人家的闺房乐趣，对于帝王之家来说，显得十分难得，难怪两个人都对这段姻缘珍而重之。

却不知是否江采苹埋藏了百年的怨恨化作诅咒，这对曾经像是神仙眷侣般的夫妻终究没能白首。十年，仅仅十年，炽烈的感情便在一场疾病中消磨殆尽。也许李煜真正爱恋的并不是一个特定的人，他只是对天真无邪的少女有着某种特殊的情结，当岁月夺走了一个少女的娇憨，总会出现另一个来代替。

这个代替者便是大周后的亲妹妹，当她以盈盈十五岁的妙龄姿态出现在李煜的生命中，便以最快的速度吸引了他的全部注意力。绝望的女子含恨而终，徒留姊妹二人皆封后的拍案惊奇。

细细想来，李煜负心薄幸，致使大周后抱屈夭折，小周后也是去国受辱，颠沛流离，不得善终，这样的情节与玄宗梅妃玉环何其相似。也许帝王家的爱恨情仇，无非便是如此了吧。

那一斛明珠，倾过了岁月的间隙，如细沙般缓缓流泻。帝王的恩情，后宫的争斗，全都埋葬在历史的河流中，偶尔被人们提起，唏嘘一番罢了。却不知三生石畔，是否仍有痴情女子，纤腰曼回，且舞且吟那"何必珍珠慰寂寥"之句，等那负心之人回头，一直等到地老天荒……

少年游：浪荡不羁好辰光

【前言】《少年游》，双调，平韵，有五十字和五十一字之别。该词谱对于句读、字数、平仄的要求十分宽松，以至于总共生出了七种别格。事实上，词牌的名字已经暗喻了这种近乎混乱的"造反"状况，这是少年专属的飞扬跳脱，无论如何离经叛道，都是可以原谅的。相对于令人眼花缭乱的别格变体，该词牌的别名倒是极少的，也许便是因为正名已然能充分反映词牌的意境。勉强来说，最基本的别名一共有三个：由于曲调属于小令范畴，因此又名《少年游令》；韩淲的词有"明窗玉蜡梅枝好"，所以又叫作《玉蜡梅枝》；元人萨都剌的作品记为《小阑干》，与《眼儿媚》的别名相重，对比两词，我们可以发现后者只在每阕的最后一句比《少年游》的正体少一个字，也许是这位异族词人弄错了也未可知。《少年游令》与原题目几乎没有什么差别，而后两个名字也不甚见于经传,因此总的来说,还是《少年游》这名字更加深入人心。

词名和词牌一起源于晏殊的《珠玉词》。由于前不见古人,一般认为这一词牌是晏殊的原创调,词家也历来奉他为夫人寿筵所写的作品为正体:

芙蓉花发去年枝,双燕欲归飞。兰堂风软,金炉香暖,新曲动帘帷。
家人并上千春寿,深意满琼卮。绿鬓朱颜,道家装束,长似少年时。

不难看出,词牌的名字正是源于"长似少年时"一句。晏殊用叹息般的语调,赞誉夫人风华不减当年。整首词作得四平八稳,用来贺寿是极好的,值得注意的是"道家装束"一句,见解纷纭,莫衷一是。流传较广的说法是晏夫人潜心修道,因而得葆青春。不管怎样,《少年游》从此广泛流传开来,成为词家热爱的小令之一,却是无可争议的事实。

少年心事几人知,用《少年游》所表达出的情感,是明快疏朗的,却也带着九微花璨般的淡淡愁绪。身居豪放派的苏轼曾经使用这个词牌写过一首代人怀远之作:

去年相送,余杭门外,飞雪似杨花。今年春尽,杨花似雪,犹不见还家。

对酒卷帘邀明月,风露透窗纱。恰似姮娥怜双燕,分明照、画梁斜。

这是苏轼在润州救灾时候,模拟夫人王闰之口吻所写的作品,是《少年游》的第一别格。所谓"代人怀远",是古诗词中特有的体例,乃是从闺中思妇怀己的角度出发,抒写离愁别绪。苏轼的词从不作女儿语,即便是思妇题材,也只是点到为止,深情尽在不言之中,给读者留下无尽的遐想空间,暗中应和了词牌所承载的意境。

献寿与别离,虽然皆是情致缠绵,但是写给正妻的作品,终究少了几分肆意,多了些拘谨。相比之下,苏轼的学生张耒倒是更得《少年游》之精髓。这位张公子,听说虽是年少得志,长相却跟"风流"二字难以挂钩,只因才情得到许州官妓刘淑奴的青睐,这才有了一段少年韵事。

北宋时节,官妓虽然是风尘中人,却有着严格的管理制度,她们侑酒弹唱,但是严禁与官员产生私情。若是哪位官员能够大着胆子为官妓落籍,那么他一定是做好了被摘去乌纱的准备。苏轼由于曾为两人落籍,在这个群体中是恒久的膜拜对象。他的光环也笼罩在自己的学生身上,至少在刘淑奴心中,这位写得一手好词的张公子定然跟他的老师一样,有着敢于挑战权威的豪情。

张耒也同样眷恋着色艺双绝的刘淑奴,在一次酒宴上,眼花耳热之际,为她写下了一首《少年游》:

含羞倚醉不成歌，纤手掩香罗。偎花映烛，偷传深意，酒思入横波。

　　看朱成碧心迷乱，翻脉脉、敛双蛾。相见时稀隔别多，又春尽、奈愁何。

　　这两个为情所苦的人啊！借酒传递相思，甚至喝到分不清颜色，这是多么深切的爱恋呢？刘淑奴暗中将张耒当作托付终身之人，终于开口请求落籍之事。赤裸裸的现实使张耒从看朱成碧的迷乱中迅速抽离，他清醒过来，有些胆怯，有些无奈。他毕竟不像苏轼那样有魄力，与官妓发生私情的罪名，他担当不起。这段感情，就这样无疾而终，仿佛一场深沉的宿醉，头疼之后便消弭于无形。

　　张耒也曾悔过，但无论如何，都已经晚了。刘淑奴就这样淡出了他的生命，像是长河中沉落的晓星，再也不曾浮起。

　　有趣的是，金庸在《天龙八部》中，借段正淳之手将该词赠给阮星竹，用"看朱成碧"影射那一场没有名分的痴恋，倒也相得益彰。现代世人对这首词的了解多半缘于小说，金庸先生此举，着实为宋词文化的传承起到了推波助澜的作用。

　　然而，晏殊、苏轼抑或张耒的《少年游》，其流传广度都比不上周邦彦，谁叫人家的词中捎带了宋徽宗赵佶的一笔风流糊涂账呢？

　　我们经常会把徽宗与南唐后主李煜相提并论，皆因二者都是文采胜于国策的人物，到了最后也都是连着自己的千金之体，把江山赔送于人。当年太祖囚禁李煜的时候，一定没有想到自己的后代竟然也如李煜一般，风流荒唐至于失国，可见报应不爽，只是时候未到而已。

事实上，徽宗之于李煜可谓有过之无不及。至少，李煜在感情上几乎没有除大小周后之外的韵事。而徽宗并不满足于后宫三千，竟出入勾栏瓦肆，追欢买笑不亦乐乎，更与名妓李师师爱恋缠绵，闹出了一段关于争风吃醋，关于填词抒怀，关于《少年游》的公案。

其时色艺双绝的李师师红透汴京，无数文人争相为她写诗填词，只为博得红颜一粲，这其中甚至还包括身为"苏门四学士"之一的秦观。然而最得她青睐的是周邦彦，那些令她名动京师的歌曲，多半都是出自周邦彦之手，即使做了天子外宠，不得随便见客之后，她还是常常大着胆子与周邦彦来往。

这日，两人算计徽宗不会出宫，便在房中弹琴唱曲，饮酒作乐。情到浓时，却听闻鸨娘密报"官家来访"。看来他们得到的讯息有误，这官家自然就是徽宗，他不带仆从，微服而来，此刻已经到了花楼门口，周邦彦待要闪避已然来不及，情急之中，竟然躲入牙床下。虽说是堂堂的税监大人、著名的风流才子，在名妓家中与天子撞个正着总是不妙，说不得，也只好出此下策了。

徽宗向来自命风流，虽然从不吝惜在钱物上对于李师师的赏赐，但也经常会送一些出人意表的礼品。这一次，他带了一枚江南进贡的新橙。李师师见了，不觉掩口笑道："圣上忒也小家子气，怎的只带这一个橙子？"

徽宗并不以为忤，拿出小刀和食盐递给她，说道："那进贡的官员言道，江南吃法与北方有所不同，要蘸些吴盐，方能充分体现出橙子的甜味，朕想着你一定也没试过，巴巴儿赶来与你共同分享呢。带这一颗便是一心一意，不然你叫朕提上几斤橙子满街乱逛吗？"

李师师见堂堂天子竟然耍起小孩子心性，不由莞尔，便依言以并刀破开橙子，汁水晶莹，芬芳四溢。两人将果肉蘸了盐，分而食之，果然齿颊留香，神气舒爽。

吃过了橙子，又随意用了些茶点，李师师便唤侍儿添香调琴，与徽宗对坐弹唱，笙歌袅袅，宛如瑶池仙乐。不知不觉楼上敲响了三更的鼓点，徽宗却还意犹未尽。李师师既担心在床下苦苦煎熬的周邦彦，又不想放弃承幸的机会，未免两难，最终只得温言劝慰道："夜已深了，圣上此时归去，霜冷露重，万一有个闪失，奴家担待不起，不如便在此歇息了罢！"总算服侍徽宗入睡，她连忙让周邦彦趁夜逃走。

周邦彦回到家中，忆起前半夜的温柔缱绻，再对照后半夜的气闷苦楚，不由得感慨万千。然而天子面前无论是他还是李师师都是身不由己，无奈只得从文字中寻求慰藉。于是挥毫落纸，如云似烟，顷刻之间，便填成一首《少年游》：

并刀如水，吴盐胜雪，纤手破新橙。帷幄初温，兽烟不断，相坐对调笙。

低声问：向谁行宿？楼上已三更。马滑霜浓，不如休去，直是少人行。

事实上，周邦彦并不是第一个写词嘲弄徽宗横刀夺爱之人。在他之前，李师师还有一个当武官的恩客名唤贾奕，此人也因为撞见徽宗留宿李师师家而大发牢骚，作了一首《南乡子》：

闲步小楼前，见个佳人貌类仙。暗想圣情浑似梦，追欢，执手兰房恣意怜。
一夜说盟言，满掬沉檀喷瑞烟。报道早朝归去晚，回銮，留下鲛绡当宿钱。

这词不知怎的传入徽宗之耳，龙颜大怒，一道圣旨就把那触霉头的贾奕给发配到海南去了。

然而，周邦彦不愧是大师级别的才子词人，他的作品无论是从文辞风采还是描述角度，都胜过贾奕百倍不止。贾奕毕竟是个武人，遣词酌句有失文雅，词中明确出现了徽宗的身影，而且形象不佳，小气刻薄，颇有点地痞流氓的感觉。周邦彦却是侧重于描写李师师，她的美貌才情、温柔体贴，无不洋溢在字里行间，自问自答的叙述方式也十分巧妙，至于与她"相坐对调笙"的男子究竟是谁，反倒没人关心了。

李师师非常喜欢这首词，常于百无聊赖时浅吟低唱一番，回想那夜的旖旎与凶险，然后淡淡一笑。她对这词爱得深沉，竟一时忘形，在徽宗面前唱了出来。虽然词中并未出现客人的形象，但是那些细节、言语总不会如此巧合，徽宗传唤周邦彦，周便也爽快地承认了。

接下来的情节与贾奕如出一辙，天子震怒，周邦彦被逐出了京师。临行前李师师去看望他，并带回了他的新作唱给徽宗听。爱才的徽宗为之动容，终于改变了主意，周邦彦顺利逃过此劫。真是生死存亡关乎一词，不过，那已经是另外一个故事了。

天子、文人与名妓，牵牵扯扯的三角关系令人称奇，然而抽丝剥茧，我们可以发现，维系这种微妙平衡的也无非是几首艳而不俗的小词。谁的少年时代没有些荒唐的情事呢？且去清发舒啸，让这不羁的心绪长似少年时节……

鹧鸪天：鹧鸪声声唱多情

【前言】《鹧鸪天》，双调五十五字，前后片各三平韵，前片第三、四句与后片三言两句多作对偶。由于它的平仄与七绝的要求差不多，我们不妨将它看成是两首七绝合并而成，只不过把后片第一句改成了两个三字两句。它的来历颇有些神秘色彩，有说源自唐郑嵎诗"春游鸡鹿塞，家在鹧鸪天"，然而《全唐诗》中完全找不到郑嵎这个人。词家一般认为，这里的"鹧鸪"并非禽鸟，而是一种用笙笛等乐器演奏的乐调，私以为说法大概也不够全面。毕竟鹧鸪鸟在中国文学中跟杜鹃一样占有很重要的地位，它的叫声"行不得也哥哥"本身就像是动人的山歌。也许，最初人们根据鹧鸪的叫声创作了同名乐调，后来又逐渐演变成为词牌吧。但是，在晚唐五代词中，完全没有这个词牌的身影，它是忽然间出现的，并且就成了北宋词人的眷宠。如同江晚愁余时节闻见深山鹧鸪鸣叫，那无数清新绮丽的小令篇章，恨断了多少柔肠。

"红杏尚书"宋祁也许是最早填写《鹧鸪天》的人，那首作品全翻前人旧句，似乎无甚可取，胜在有段令人津津乐道的故事，可供茶余饭后叹赏一番。

宋祁二十六岁那年与哥哥宋郊同登金榜，人称"大小宋"，名满天下，识者甚众。这日他骑马走过繁台街，忽然听见有女子轻唤"小宋"，莺声呖呖，十分动听。回头看时，竟然是宫中车队经过，其中一辆车的帘子挑开一半，露出一抹淡淡红唇和细巧白皙的下颜，那女子见他回头，忙将帘子放下，然而惊鸿一瞥之际，却已刻进眼底，印上心头。

旧时女眷不可抛头露面，出门一般要乘车，贵家女子的车上有珠帘绣帷，密密掩住容颜身姿，平民女子至少也要用布做帘子。不过，帘幕总有遮挡不住之时，比如一阵风吹来，薄一些的便会飘起来，或者车中女子耐不住闷热沉寂，掀起帘子偷看外面花花世界，也是有的。偶尔刚好能够四目相对，便有了艳遇的先决条件。男子若是骑马，便可光明正大尾随其后，待确定了是谁家姑娘，再上门求娶，这便是"随车""逐车"的由来。在民风开放的唐朝，"美人一笑褰珠箔，遥指红楼是妾家"这种事情是完全可能发生的，不过到了宋朝，女子不会太过张扬，男子也就只能规规矩矩地"随车"了，有时候车水马龙，"长记误随车"也是常有之事。

宋祁的艳遇比较特别，虽然车中的姑娘先开口唤了他，但他没有——或者说不能——进行一次跟踪活动。因为他知道那辆马车的行驶方向，也知道那女子并非是他可以追求的对象，只有怅然独归。回家之后，想起那一声呼唤，总难释怀，辗转反侧，终于起身，填成一首《鹧鸪天》：

画毂雕鞍狭路逢，一声肠断绣帘中。身无彩凤双飞翼，心有灵犀一点通。

金作屋，玉为笼，车如流水马如龙。刘郎已恨蓬山远，更隔蓬山几万重。

整首词有一半句子来自李商隐，剩下一半还有一句来自李煜，这不是普通意义上的化用，差不多已经算是"集句"。本来只是顺手写来抒发相思之情，难得"抄"得工整，竟广为传唱。仁宗雅好诗词，这些坊间流传的词曲多多少少都会上达天听，这一首便"有幸"中选。

宫中女子，无论妃嫔还是普通侍女，都是属于皇帝的禁脔。现在竟然有人光天化日"勾搭"朝廷命官，而且还填成词作，唱得满城皆知，也忒大逆不道。仁宗召集那日出行的宫人，查问是谁呼喊小宋。人人噤若寒蝉，唯有一名宫女上前跪拜，朗声答道："奴婢曾经侍奉翰林宴，宋大人上前谢恩之时，听人指点说是'小宋'，那日见了，便忍不住脱口而出，还请皇上恕罪。"仁宗见这女子敢作敢为，十分欣赏，于是召来宋祁，问起《鹧鸪天》之事，宋祁忐忑不安地跪下谢罪，仁宗哈哈大笑道："有朕在，蓬山倒也不远！"就这样爽快地把那宫女赐给了宋祁。

也许是因为这个故事太过深入人心，从那以后，人们对于《鹧鸪天》的喜爱便日益深切，到了晏几道之时，更是一发不可收拾。晏几道平生有四十余首《鹧鸪天》，可见他对于这个词牌是比较珍视的。他与这个词牌的故事，未必如宋祁那样猎奇，却也是温柔香艳，还带着一点文人的清高孤傲，糅合起来，便是无限的隽永动人。

晏几道是晏殊之子，家学渊源，在小令上的造诣颇深。虽然父亲官至宰相，但是他对于官场似乎没有太多的兴趣。他是一个纯粹的文人，有着文人的浪漫，文人的傲骨，文人的痴性，唯独少了点儿文人入仕的梦想。即便是在最困顿的时候，他也不曾开口请求父亲的旧僚帮忙。与其来往逢迎，他倒宁愿与志趣相投的好友共醉一场，或者与红颜知己倾心恋慕一番。世人传颂的"舞低杨柳楼心月，歌尽桃花扇底风"，便是赠送友人家的歌姬之作。

据晏几道自己所言，他经常与沈廉叔、陈君龙两人往来，这两位总共有四名歌姬，分别名为莲、鸿、蘋、云，每次宴饮都带在身边。晏几道十分喜欢这几个美貌聪慧的女子，绝不吝为她们倾尽笔墨，《小山词》中的许多作品中都明确出现了她们的芳名。其中有一首《鹧鸪天》，是送给小莲的：

梅蕊新妆桂叶眉，小莲风韵出瑶池。云随绿水歌声转，雪绕红绡舞袖垂。

伤别易,恨欢迟,惜无红锦为裁诗。行人莫便消魂去,汉渚星桥尚有期。

酒宴上的作品,人人得赠,绝不厚此薄彼。然而这一类词多是衷心赞赏,虽然也是深情款款,却还称不上佳作。后来,沈廉叔下世,陈君龙卧病,这些女子像是被转手的货品一般,尽皆流散。那些缠绵入骨的小词,仿佛只是昨日梦幻,醒时只余一枕凄凉,却不见红颜踪影。于是他只得极目眺望,暗自伤怀感叹人生的如幻如电,又是一首《鹧鸪天》,却已幺弦幽咽,极尽相思之苦:

醉拍春衫惜旧香,天将离恨恼疏狂。年年陌上生秋草,日日楼中到夕阳。

云渺渺,水茫茫,征人归路许多长。相思本是无凭语,莫向花笺费泪行。

鸿雁在云,莲藕在水,这小小的心思猜测起来并不困难。男儿有泪不轻弹,可真正到了伤心之处,谁还顾得上这些,身为性情中人的晏几道,自然是不惮于用眼泪表达哀伤的。

好在文人的交际圈子并不算太大,要见故人也没有想象中的那样困难。只不过,就算再见也是恍如隔世了。他最为优秀的两首《鹧鸪天》便作于这样的场景之下:

彩袖殷勤捧玉钟，当年拼却醉颜红。舞低杨柳楼心月，歌尽桃花扇底风。

从别后，忆相逢，几回魂梦与君同。今宵剩把银釭照，犹恐相逢是梦中。

小令尊前见玉箫，银灯一曲太妖娆。歌中醉倒谁能恨，唱罢归来酒未消。

春悄悄，夜迢迢，碧云天共楚宫遥。梦魂惯得无拘检，又踏杨花过谢桥。

这两首词在语意上有重叠之处，但是并不妨碍它们共登佳作。晏几道并没有说明遇见的是谁，也不需细说，因为人生的际遇实在令人怅然，能够重逢，已是天可怜见。对于莲鸿蘋云，他更多的是精神上的眷恋寄托，仿若难舍的旧梦，一朝重温，便愈加迷醉。人们总说他的词不及乃父意境开阔，总是在细处大做文章。事实上，词的魅力往往可以从这些容易忽略的细节中体现出来。比如重逢之后那种难以置信的感觉，真个是恍然如梦，难为他二人做出把灯细看这样的稚拙之举。据说当时著名的"老古板"程颐都被晏几道打动，非常别扭地称赞"梦魂惯得无拘检，又踏杨花过谢桥"两句，道是"鬼才能想出这样的句子"，要知道程颐可是一个只要在宴会上看见有歌姬在场就会拂袖而去的人，能得他这样一句考语，只能说明晏几道的一腔深情已经在词中流泻得尽人皆知了。

虽然晏几道为歌女作起词来毫不含糊，达官显贵向他索要作品却是难上加难，实在迫不得已，也只是敷衍了事，从不在词中流露一丝一毫的逢迎之意，就连专职填词的柳永都做不到这一点。他晚年的时候辞官不做，在京城隐居，从不与达官显贵交游。当时蔡京也算得上炙手可热权势滔天，这样的人物来求他的词，竟然也得到了冷遇。据说蔡京两次求词的时间分别是重阳与冬至，约略是因为想在节日筵席上挣点面子吧。一般的文人遇到这样的请求，纵使心里千般不愿，作品中总归还是会稍微写点吉祥话的。谁知晏几道完全不予理会，实实在在地填了两首描写节日的《鹧鸪天》交卷，让蔡京颜面尽失：

九日悲秋不到心，凤城歌管有新音。风凋碧柳愁眉淡，露染黄花知靥深。

初过雁，已闻砧，绮罗丛里胜登临。须教月户纤纤玉，细捧霞觞艳艳金。

晓日迎长岁岁同，太平箫鼓闲歌钟。云高未有前村雪，梅小初开昨夜风。罗幕翠，锦筵红，钧头罗胜写宜冬。从今屈指春期近，莫使金樽对月空。

《鹧鸪天》就像是记录晏几道人生轨迹的里程碑，也是寄托着他志愿理想的虚拟载体。时至今日，信手翻开《小山词》，依然会被这些整饬如诗的句子所震撼。他对于这个词牌的执着似乎给后来之人提供了无限的灵感。有宋一朝，南北两代,具是佳作辈出。如果说晏几道写出了这个词牌最柔美的句子,那么最悲凄的句子则非贺铸莫属。

贺铸是宋太祖贺皇后的族孙,出身算得上显贵。他跟晏几道在精神上有些共通之处,他们都是泥而不滓的皦然人物,总在官场沉浮,心灵却没有丝毫玷染。不过,贺铸在性格上近乎豪侠,因此,他的词作刚柔并济,读起来别有一番风味。

贺铸的原配夫人姓赵,是宋朝宗室之女,这两个人的结合可以算得上是皇室亲眷联姻。贺铸貌丑,有"鬼头"之称,但是他们夫妻一直十分恩爱。这位赵氏夫人持家有道,事必躬亲,贺铸曾写过一首《问内》来描述她做女红的场景。夫妇二人晚年退隐苏州,贺铸专注于学问,赵氏依旧细心侍奉。眼看就要这样相伴终老,赵氏却先一步撒手人寰,贺铸念及几十年夫妻深情，悲恸不已。

后来，贺铸有事不得不离开苏州，行囊都已经打点完毕，却又迟迟没有上路。这里有着他跟妻子的最后回忆，还有那个无怨无悔追随他一生女子的坟茔，他不忍，也不舍。然而行期促迫，不得不走，行至阊门，真个是一步一回头，好像只要走出这里，就会真正失去毕生所爱。天命之年的老者，华发已生，此刻却是热泪盈眶。

孤身踏上行舟，心中的酸楚便如春水一样涨了起来。于是拿出纸笔，赋了一阕声情凄紧的《鹧鸪天》：

重过阊门万事非，同来何事不同归。梧桐半死清霜后，头白鸳鸯失伴飞。

原上草，露初晞，旧栖新垅两依依。空床卧听南窗雨，谁复挑灯夜补衣。

当年来到苏州，两人同舟共济，而今离去，只得自己孤身一人，形影相吊，好不凄凉。再也没有人会在他埋首读书时端上热茶与点心，然后坐在一旁静静缝补衣衫了！那人就像干涸的晨露，消逝得无声无息，徒在心中留下一点晶莹，折射着泪水的光芒，越发难以忘怀。

这首词在后世常与苏轼的《江城子》并称为悼亡词的绝唱，特别是"梧桐半死清霜后，头白鸳鸯失伴飞"一句，胜却多少诔文墓志。心碎犹能愈合，心死却是任何方法都无能为力，因此才说"哀莫大于心死"。然而，这个句子却是心死之后又破碎成灰，全无回天之力。

《鹧鸪天》在《全宋词》中有930首，在词牌填写数量的排行榜上高居三甲，由于深受宠爱，关于它的佳话也是不胜枚举。它像是一面镜子，真实地反映出了词在宋代的普及程度，就连普通百姓也是能随口吟上一阕的。据说宣和年间，一次上元佳节，宫中传赐御酒给百姓，以示与民同乐之意。有个少妇喝过酒之后将金杯放入怀中，被侍卫当场拿获。徽宗皇帝知道这件事，便叫人将那少妇带到御前，问她为何要偷窃。少妇不慌不忙，顺口吟出一阕《鹧鸪天》作答：

灯火楼台处处新，笑携郎手御街行。贪看鹤阵笙歌举，不觉鸳鸯失却群。

天表近，帝恩荣，琼浆饮罢脸生春。归来恐被儿夫怪，愿赐金杯作明证。

语言明白晓畅，口吻清新活泼，纵使不够工整，却也别具一格。徽宗自己爱词成痴，便觉得天下会作词的没有坏人。一个普通女子竟然临危不惧，从容吟词，使得龙颜大悦，当即以那被窃金杯相赐，并让侍卫将她送回家。这个女子在《全宋词》中记名为"窃杯女子"，看似贬义十足，但是这首词令她的形象变得慧黠可喜，不由令人感叹词的魅力实在强大。

《鹧鸪天》有着旺盛的生命力，在词力衰微之后，它又在曲中大放异彩。有南曲仙吕宫、北曲大石调等曲调，而且南北通彻，遍行天下。在北曲中，它可以单作小令，跟词几乎没有太大差别，有时也用于套曲。南曲则将它作为"引子"，多用于传奇剧结尾处。鹧鸪声声，就这样啼过了千年时光，留下无数动人的韵事，璀璨如珠。闲时读来，仿佛那"行不得也哥哥"的凄婉声音，犹在耳畔回响。

青玉案：横塘路上企鸿居

【前言】《青玉案》，正体双调六十七字，前后片各五仄韵，可以将上声韵和去声韵通押，比较宽泛自由。题名三字，典出久远，可以一直追溯到东汉，张衡所作《四愁诗》中"美人赠我锦绣段，何以报之青玉案"一句。美人代表君子，青玉案一类的珍宝代表德行，直承屈原香草美人之喻，意境相当高古。虽然不知最初是谁创作了这个词牌，但是从命名的匠心中倒是可以看出此人的文学素养相当之高。它的别名不多，大概只有《横塘路》和《西湖路》两个，其中《横塘路》之名流传最广，而且最初题为此名的那首词，也是《青玉案》一调的千古佳作。

著名的"鬼头词人"贺铸，相貌奇丑，笔下小词却是唯美动人。也许老天对于给他生了副恶皮囊这件事情略感抱歉，便用生花之笔对他进行了丰厚的补偿。在闲居苏州时期，他的一首《青玉案》，更是帮他彻底除了"贺鬼头"这要命的绰号：

凌波不过横塘路，但目送，芳尘去。锦瑟华年谁与度？月桥花院，琐窗朱户，只有春知处。
飞云冉冉蘅皋暮，彩笔新题断肠句，试问闲愁都几许？一川烟草，满城风絮，梅子黄时雨。

烟草茫茫，风絮蒙蒙，加上一场接着一场的黄梅苦雨，原本都是江南最普通不过的景色，放在一处，竟然产生了十分微妙的效果。能把闲愁写到这种境界，足以令人拍案叫绝了。世人传说这首词是贺铸为陌上相逢的女子所作，一见相思，竟而不能自拔，只有在横塘路上筑了"企鸿居"，盼那惊鸿之影再度垂怜。传说固然美妙，却无实际的史料作为支撑。总以为，若说是鳏居时节忆起当年夫妻唱随之景，也未尝不可。反正都是臆测揣度，又何妨用这首词将那"头白鸳鸯失伴飞"的痴情形象塑造得更加丰满一些呢？

贺铸作词，大抵总是带了一种虔诚的心境，写成之后，便敝帚自珍（尽管大多数并非"敝帚"），爱之愈切，竟然每每弃正统词牌于不顾，自己摘了得以词句为之命名，《横塘路》之名便是如此得来。虽然词牌别名往往摘自名句，由词人自己来完成这项工作，贺铸却是破天荒第一人。在他的词集中,除了自度曲调和传抄失名的词作之外,改名的竟然达121首之多,而且同一个通用调名,在他的集子中也是篇篇异名,简直可谓惊世骇俗的创举。他的这种做法,虽然在后人看来眼花缭乱,未免有添乱之嫌疑,却为词牌"别名"的列表做出了突出的贡献,也是为词牌文化锦上添花。现今比较著名的有《半死桐》(缘《鹧鸪天》"梧桐半死清霜后"之句)、《芳心苦》(缘《踏莎行》"红衣脱尽芳心苦"之句)等等。

若那时候贺铸还有官职,估计要被称为"梅子通判"之类,这样就能跟"红杏尚书"宋祁斗个高下了。可惜他已经变成一届布衣,于是便被称为"贺梅子""贺三愁",后者倒好跟"张三影"凑成一联,也算工整。总之"贺鬼头"是彻底揭过了,不过好友之间相遇,拿新绰号揶揄一番,也是有的。那时候贺铸头发稀疏,绾成发髻只得小小一枚,瞧来有些寒碜。于是文人郭功甫便意味深长地瞧着那发髻,说道:"老兄你还真不愧是'贺梅子'啊!"贺铸虽然词风清丽,为人却有豪侠之气,自然是不肯吃亏的。他想起郭功甫有"庙前古木藏训狐"一句诗,于是指着郭的白胡子,笑云:"彼此彼此,你还不是名副其实的'郭训狐'嘛!"说罢,相视而笑,莫逆于心。

玩笑归玩笑,"贺梅子"之名当真非同小可。因为那时候,秦观已逝,张先未成气候,晏殊忙于国事估计无心弄词,晏几道还没到晏家投胎,幽魂一缕不知在何处游荡,总之北宋词坛正值"空窗期",清丽词风并不常见,贺铸却填补了这一空白。黄庭坚专门为此事赋诗曰：

少游醉卧古藤下，谁与愁眉唱一杯？解道江南断肠句，只今唯有贺方回。

这首词太过深入人心，以至于各大名家纷纷应和，掀起了词坛纷唱《青玉案》的小小高潮。如同夜空之中有烟花乍现，继而便是漫天星落如雨：

三年枕上吴中路，遣黄犬，随君去。若到松江呼小渡，莫惊鸳鹭，四桥尽是，老子经行处。
辋川图上看春暮，常记高人右丞句。作个归期天已许。春衫犹是，小蛮针线，曾湿西湖雨。（苏轼作，词前小序云"和贺方回韵送伯固归吴中"）
征鞍不见邯郸路，莫便匆匆归去。秋风萧条何以度。明窗小酌，暗灯清话，最好流连处。
相逢各自伤迟暮，独把新诗诵奇句。盐絮家风人所许。如今憔悴，但余双泪，一似黄梅雨。（李清照）

即使非名家作品，也有可观之处——黄庭坚之兄黄大临一生尽存词三首，倒有两首步贺铸之韵的《青玉案》。其中一首写于黄庭坚被贬宜州，兄弟依依惜别之时：

千峰百嶂宜州路。天黯淡，知人去。晓别吾家黄叔度。

弟兄华发,远山修水,异日同归处。

樽罍饮散长亭暮,别语缠绵不成句。已断离肠能几许。水村山馆,夜阑无寐,听尽空阶雨。

这位兄长颇以弟弟为豪,竟然将黄庭坚比作汉代高人黄叔度。从"听尽空阶雨"可以看出,他的词很得原韵风姿。黄庭坚到达宜州之后,也写了一首《青玉案》赠给哥哥,兼作报平安之用:

烟中一线来时路。极目送,归鸿去。第四阳关云不度。山胡新啭,子规言语,正在人愁处。

恍能损性休朝暮,忆我当年醉诗句。渡水穿云心已许。暮年光景,小轩南浦,同卷西山雨。

看来,在贺铸领悟江南断肠之句以后,词人们也纷纷"开窍"了。虽然不再是"唯有贺方回"一人独享清词丽句,却也颇为值得。也许这个词牌有美人之喻坐镇,想要豪放也是难得,苏轼自称"老子"已是惊人之举,只不过"小蛮针线"之句便显得有些纤细如缕了。即使时光绵延到了风雨飘摇的南宋,这样的风格也不曾改变。即使是金戈铁马的辛弃疾,也只在新意上做些花样,但依然锻造出了千古名篇:

东风夜放花千树,更吹落,星如雨。宝马雕车香满路,凤箫声动，玉壶光转，一夜鱼龙舞。

蛾儿雪柳黄金缕，笑语盈盈暗香去。众里寻他千百度，蓦然回首，那人却在，灯火阑珊处。

这大约是辛弃疾在归宋之后不久的作品，那时候他还很年轻，"渡江天马南来"的豪气尚存，却被黑暗无望的统治集团肆意打磨棱角，弄得遍体鳞伤。于是满腔愤懑之情，在那年元夕，随着火树银花迸溅出来，书写成了古之成大事业、大学问者必经的第三重境界——众里寻他千百度，蓦然回首，那人却在，灯火阑珊处。

王国维《人间词话》经典考语，简直无人不知，便毋庸赘述。总而言之，辛弃疾是用对了那个美人喻君子的典故，那时候的他，就像是灯火阑珊之处的伊人，没有蛾儿雪柳的装点，没有笑语盈盈的表现，只是在无人关注的角落中，默默地站立。没有人于众里寻他千百度，他只有冷眼观看面前的银烛宝树，露桃金花，心中对这浮华下的满目疮痍一清二楚，却无能为力。因为他不是那宝马雕车中的人物，完全无法左右这一场凤箫玉壶的盛宴。

"路远莫致倚增叹，何为怀忧心烦悁"，当年张衡写下这"四愁"之句，又何尝不是以那身处阑珊之人的身份在叹息呢？"欲往从之雪雰雰"，与那"梅子黄时雨"又何其相似！可见历史轮回，总有迹可循。那赠予美人的"青玉案"就这样代代相传，只有知音者方可接过并高举，宣告自己那青白如玉之品格。

满庭芳：销魂此际图一醉

【前言】《满庭芳》，有平韵、仄韵二体。平韵正体为双调九十五字，上下片各四平韵，或上片四平韵，下片四或五平韵，因为过片二字可以不叶韵，直接与下面三字连成一个五言句。仄韵体又名《转调满庭芳》，双调九十六字，上下片各四仄韵。事实上仔细总结的话，应当共有七个变体，字数从九十三字到九十六字不等。这个名字大概源于唐吴融"满庭芳草易黄昏"和柳宗元"满庭芳草积"之句，别名《满庭霜》，源自方夔"开门半山月，立马一庭霜"。另外还有《锁阳台》《潇湘夜雨》等别名，听起来都有些萧萧然的韵味。词谱一般将其列入"中吕宫"，用曲律术语来解释，这个宫调的特点有个令人费解的名字叫作"高下闪赚"，实际是说它的曲调起伏飘忽，荡漾心神。

《满庭芳》在长调中算是比较受欢迎的词牌之一，历代名家均有填写。苏轼被贬黄州之时就一连写了几首，其中"江南好，千钟美酒，一曲《满庭芳》"之句算是给这个词牌点了题正了名，余如周邦彦"风老莺雏"，李清照"小阁藏春"，都是脍炙人口，耳熟能详的词牌名。但要说最具有代表性的，还要数秦观之作。

《全宋词》中收录了秦观七首《满庭芳》，可以算得上高产。这几首词非常能够凸显秦观的一贯风格——妙在首句，诸如"碧水惊秋，黄云凝暮""红蓼花繁，黄芦叶乱"，甫一开篇就惊艳全场。然而流传最广的却是这一首：

山抹微云，天连衰草，画角声断谯门。暂停征棹，聊共引离尊。多少蓬莱旧事，空回首、烟霭纷纷。斜阳外，寒鸦万点，流水绕孤村。

销魂。当此际，香囊暗解，罗带轻分。谩赢得、青楼薄幸名存。此去何时见也，襟袖上、空惹啼痕。伤情处，高城望断，灯火已黄昏。

云生岩岫，若有若无，本是寻常意境，可巧拈出一个"抹"字，便是水墨技法，词中有画。衰草连天，主角是微不足道的草，倒装起来，主角便成了空阔无垠的天，只有这样才能够与山相对。山有云映衬，天有草烘托，这幅图画算得上完美了。只这两句，俨然成了秦观的"名片"，名声大了，自然分量便重，传闻秦观之婿范元石便借此名威风了一把。当然也不是这位贤婿狐假虎威，只不过他为人低调稳重，在酒宴上不甚言语，有那好事之人便挑衅说他不懂词曲，一而再再而三，范元石终于冷笑着说："我可是山抹微云学士的女婿。"只此一句，便令满座哑口无言。岳家词名重于一时，择婿想来也不会太含糊。这话答得巧妙至极，一时传为美谈。

由于秦观的作品总是流连哀思，得到了老师苏轼的批评，这大概是豪放派与婉约派最有趣的一次对话。苏轼是这样说的："没想到多日不见，你作词便学起柳七来了。"柳永在当时是风流艳词的代表，虽然名重一时，终究不被认可为正统。秦观连忙分辩："学生不才，倒还不至于学柳七。"其实他的词风的确近乎柳永，但是在老师面前总是要略表忠心的。苏轼便板着脸教训道："'销魂当此际'之类，难道不是柳七才能说出来的吗？"其实这位老师口硬心软，对于最疼爱的学生，他是十分宽容的。而且他也认为"山抹微云"写得确实不错，于是便戏拟一联说"山抹微云秦学士，露华倒影柳屯田"，柳七算是前辈，却将他排在秦七之后，到有点彰显自家学生能为的意思。不过平心而论，"山抹微云"的境界确实比"露华倒影"更加开阔巧妙，苏轼的说法倒也不算欠妥。

便是这个"山抹微云"，还替苏轼成就了一段催人泪下的"孽缘"。

那是苏轼在杭州的时候，一日偶然听人唱《满庭芳》之曲，词意跟秦观仿佛，却不是同韵。他好奇地打听了一下，得知那个歌姬唱的叫作《满庭芳·改少游词》,顿时大惊失色道:"这女子忒也大胆,'山抹微云'这样的词也敢乱改。"当即托人打听那歌姬的来历,不久便得到了答案——她是钱塘地方一个红牌官妓,艺名叫作琴操,原本是官宦家的女儿,因父亲获罪才没落倡籍。

"琴操"二字,源出蔡邕的同名著作,是用来解说琴曲题名的,这个名字没有一丝风尘气息,反而高雅得令人仰视。苏轼听了这名字,便觉此女异于常人,连忙安排见面。当然,见面之后他第一件事就是询问那首"改少游词"是怎么回事。

琴操掩口笑道:"那日在西湖边上听人唱秦学士的词,将'画角声断谯门'唱成了'画角声断斜阳'。奴家一时口快笑他错韵,他偏强词夺理,让奴家有本事便改韵。也是争一口闲气,便改与他听,不想被大人闻见,当真贻笑方家。"说着,便执了牙板,轻轻款款地唱了起来:

山抹微云,天连衰草,画角声断斜阳。暂停征辔,聊共饮离觞。多少蓬莱旧侣,频回首、烟霭茫茫。孤村里,寒烟万点,流水绕红墙。

魂伤。当此际,轻分罗带,暗解香囊。漫赢得、青楼薄幸名狂。此去何时见也?襟袖上,空有余香。伤心处,长城望断,灯火已昏黄。

苏轼仔细一听,原来只是改韵,词意还是旧作,只不过这韵改得天衣无缝，不由暗暗叫好。从此，他对琴操青眼有加，引为红颜知己。琴操也是有些痴性，竟然便认准了苏轼，心里再也容不下旁人。苏轼劝她从良，她竟然落发出家，三千青丝尽数斩断，决绝的态度令人敬畏。然而，世俗的情谊终究不是头发，没法说断就断，玲珑山上，青灯古佛，暮鼓晨钟之际，她还是时常念起那人。后来苏轼被谪海南，她竟伤心而死，时年二十四岁。也许她注定是要孤独的，生前在酒宴上独唱独醉，死后便葬在孤山孤冢。苏轼后来听闻此事，深深自责了很久。

我们要说的另外一首《满庭芳》也是关于一个女子，与琴操不同，她是词的原作者，而且她的故事更加凄惨。若说琴操令人叹惋，她便是催人泪下。

南宋德祐二年，湖南失陷，紧接着都城临安也沦落元人之手。蒙古官军从湖南掳掠的金银女眷被千里迢迢押送到临安，"马边悬男头，马后载妇女"，真个是啼声遍野，乌鸢为之悲鸣。在这支庞大的队伍中，有一名少妇的姿色格外使主帅垂涎。按说这时候人人都是刀俎上的鱼肉，淫辱几乎不可避免，但是这名女子生性慧黠，竟然屡次用计逃脱。因为她实在很漂亮，主帅虽然恼羞成怒，却也舍不得杀她。就这样一路到了临安，她被软禁在一所宅子里面。这宅子大约是主帅得来的封赏，一个偶然的机会，她得知这里竟然是抗金名将韩世忠的旧居，不由得悲从中来。

这日，主帅的耐性似乎是磨尽了，终于决定无论如何也要强迫她就范。她自知再也逃不过此劫，便存了死志。于是假意柔情地对那主帅说："将军垂怜，妾身感念在心，可否等妾身祭拜了先夫，再与将军共效于飞？"主帅听她声音绵软，求恳得颇为虔诚，当即骨软筋酥，忙不迭地答应下来。于是她整理妆容，换过新衣，沐手焚香，告祭在战乱中死去的夫君。并在墙壁上题了一首《满庭芳》。那首词叙述故国情怀，寄托山河破碎之哀思，竟无雌声，十分令人钦服：

汉上繁华，江南人物，尚余宣政风流。绿窗朱户，十里烂银钩。一旦刀兵齐举，旌旗拥、百万貔貅。长驱入，歌楼舞榭，风卷落花愁。

清平三百载，典章人物，扫地都休。幸此身未北，犹客南州。破鉴徐郎何在？空惆怅，相见无由。从今后，断魂千里，夜夜岳阳楼。

她的夫君，与"破镜重圆"中的徐德言同姓，这一双关妙典用得实在是巧，但是词中离思也可见一斑。整首词明白如话，却不滥于俗，委实难得。她用"幸此身未北，犹客南州"来证明自己的清白。这时候，所谓的"清白"已经无关贞洁，这是中原人民不屈于外族侵略的原则性问题。比之当年北宋末代后妃沦入金国浣衣院却犹自苟且偷生，她的抵抗虽然微不足道，却足以令那些尊贵的女子蒙羞。"断魂"之句，说得明白，她已决心用一死来完成"客南"的坚持。于是写完这首词后，她趁主帅不备，毅然赴水而死。质本洁来，还洁而去，魂飞千里，回到故地岳州，与夫君长伴，做一对幽冥鸳鸯，好过乱世生离死别。

这个贞烈的女子没有留下姓名，她的丈夫似乎叫作徐君宝，于是按照古人惯例，她便是"徐君宝妻"。

白骨如山忘姓氏，无非公子与红妆。她们曾为红装，却非无名，"琴操"二字，如同西湖之畔奏响的优雅冷然的古曲，又像是随意涂抹在玲珑山头的一缕微云，始终徘徊不去，成了永久的美妙传说。而"徐君宝妻"虽然附庸于男子之名，却完全可以看作一个独立而倔强的存在。我们永远也不会忘记，北宋那个玲珑剔透的女子，是如何巧妙地改了堪称经典的《满庭芳》,以至于千百年来,杭州城头的画角,尽数为她断了斜阳;我们也会一直记得,南宋那个凄惨节烈的少妇,是如何在决绝中填下一首《满庭芳》,以至于万千日夜,岳阳楼上的风景,多半为她点染了湖光。

满庭芳草无数,只拣最动人的三两株,为之传记罢了。虽然无非风月闲谈,但也算是"撷玉攒珠",将这最美好的故事,说与世人!

念奴娇：飞上九天歌一声

【前言】《念奴娇》，双调一百字，前后阕各四仄韵，一韵到底。句中倒是不甚拘平仄，总的来说，上下阕后七句字数平仄基本相同。从传世的音乐资料来看，词牌曲子所用宫调是所谓的"大石调"和"高大石调"，也即古乐中的"黄钟"和"大吕"。由是观之，此曲所奏之音应是庄严正大，高妙和谐，因而有宋以来的豪放派词家都偏爱这一词牌。然而词牌的名字听起来如此婉媚多情，却也是一件令人称奇的事情。

念奴是唐代天宝年间的倡人，善歌，其名蜚声海内。玄宗巡幸之时，总是暗中将她带在身边侍奉，却不给她脱去乐籍。据说，此举是为了不使长安城内的欢场失去娱乐的焦点，可见念奴当时的身份，是一名连天子都要特别眷顾的

"一线红星"。

对于唐人来说，杨妃是那高不可攀的满月，是独属于君王的如花美眷，念奴却是亲近的，可以触及的存在。因而在元稹的《连昌宫词》中，太真不过与上皇同倚望仙楼的栏杆，成为观望表演的淡白背景，而念奴却是——

力士传呼觅念奴，念奴潜伴诸郎宿。须臾觅得又连催，特敕街中许燃烛。春娇满眼睡红绡，掠削云鬟旋装束。飞上九天歌一声，二十五郎吹管逐。

诗人不吝浓墨重彩，连用四联勾勒出一个风流浪荡的宫妓，一个青春美貌的娇娃，一个技艺超群的歌者，她的无奈，她的多情，她的自信，共同构成了一个立体的、鲜活的、传奇般的女子形象。

诗中所表达的情境如此活灵活现，自然是有相关野史故事的支持。相传，每年宫中的辞岁大宴，总是人声鼎沸，喧嚣不已，导致乐工无法演奏。每当此时，玄宗便令念奴出面唱歌，邠王吹管笛伴奏。高力士方在楼头大声报出二人的名号，立时群响毕绝，"明星效应"极为显著。但见念奴一袭盛装，款款登楼，鸦欹云鬟，珠点绛唇，未开檀口，便已引得一片惊叹。待到素手执板，皓齿轻发，须臾之间，清歌漱玉，激越悠扬。邠王李承宁那一缕缠绵的笛音，始终苦苦追随，歌声笛声，若即若离，仿若云端仙乐，不似凡间声响。

玄宗因而感叹："念奴的歌声，如同朝霞之上的天籁，相比之下，二十五郎的管笛也稍显逊色了。"

安史之乱之后，世间便再无念奴的讯息，她就像一片倏尔远逝的蝶羽，在牡丹丛中惊艳了瞬间，徒留掠影与传说而已。在那没有音像记录手段的年代，她的容貌技艺只能成为泛黄典籍中的淡染墨痕，我们甚至不知道她的真正姓氏、生辰年月和最终结局，这些缺憾却使她的形象充满了神秘感，引人遐思无限。拭去千年的风尘，依旧只能痴痴地仰视。

于是，她的名字被镌刻在教坊曲谱之上，几百年来传唱不休。因着那"声出朝霞之上"的圣评，《念奴娇》一曲便采用了高亢嘹亮的音调，仿佛只有这样，才能衬得起伊人的瑶池清音。

后来的后来，当阳春白雪般的教坊曲化作人人可以倚歌而和的词牌，当红粉楼头回响着昔日的太和清音，拥有如此风月情浓名字的《念奴娇》，却独独成了豪放词家的眷宠。这其中，苏轼的功劳自然是不可埋没的。

元丰二年，苏轼因作诗讽刺王安石新法，被讼下狱，这便是历史上著名的"乌台诗案"。一次次提审、诱供、逼迫……一介文豪就这样游走在死亡的边缘，牵连的官员多达二十九人，其中不仅有苏轼的亲弟弟苏辙，更有黄庭坚、司马光等名士要员，着实是凶险万分。所幸宋太祖赵匡胤定下"除谋逆之外不可杀士大夫"的国策，宋神宗一直举棋不定，包括王安石在内的众多朝臣又从旁劝阻，一干人才得以逃过此劫。次年，苏轼被贬谪黄州，做了个有名无实的副团练使，无穷的灵感在逆境中迸发，小小的黄州自此承载起许多千古名作,如被称为"天下第三行书"的书法作品《寒食帖》、清新小品《记承天寺夜游》、意境高远的前后《赤壁赋》等等,但是说到影响之深、流传之广者,却要首推《念奴娇·赤壁怀古》——

大江东去,浪淘尽,千古风流人物。故垒西边,人道是,三国周郎赤壁。乱石穿空,惊涛拍岸,卷起千堆雪。江山如画,一时多少豪杰。

遥想公瑾当年,小乔初嫁了,雄姿英发。羽扇纶巾,谈笑间,樯橹灰飞烟灭。故国神游,多情应笑我,早生华发。人生如梦,一尊还酹江月。

兵戎相见的惨烈,指挥若定的风姿,千古江山的壮丽,流年偷换的无情……短短百字,一切尽在其中。豪情壮志,几欲破纸而出。而对于自身际遇的无奈与释怀,又充满悲壮的情怀与洒脱的态度,使人由衷地钦佩。在此之前,从来没有人将这专门抒写风月情趣的曲词用于金戈铁马,这般凌厉开阔的气象境界,开启了一扇崭新的门。自此,昔日九天朝霞的清啼,化作铁板铜琶的长啸,词的境界更上一层楼。

这首词的艺术成就令无数方家赞叹仰止,为此,《念奴娇》这一词牌赢得了许多别名,如《大江东去》《酹江月》《赤壁谣》等等。词牌的别名正如古人的别号,词人常常会在某个词牌所出产的名句中截取几个精华的字眼作为其别名,有时也会根据自己对于词乐的理解为其重取雅号。而

《念奴娇》可谓别名最多的词牌之一，除了上述几个之外，还有十几个，在此可拣一些有趣味的记述一番，以飨读者。

首先是戴复古，他公然与苏轼"唱反调"，开篇第一句写了"大江西上"，于是本曲又名《大江西上曲》，一者"东去"，一者"西上"，倒也相映成趣。然后是喜爱自度清音的姜夔，他将曲谱中加入了"鬲指声"的变化，美其名为《湘月》。再来是张翥，此君似有躲懒取巧之嫌，见词谱恰好一百字，索性命曰《百字令》《百字谣》。余如《寿南枝》《古梅曲》《太平欢》《淮甸春》《白雪词》《庆长春》《杏花天》《壶中天》等等，不一而足，大抵皆是截取某家某句得名。比较特殊的是《无俗念》，此名纯以意境取胜，已然脱离了字句音调的束缚，境界已是不同。然而这个名字之所以为世人所知，却是因为一部通俗文学名著，也算词坛与现代文坛互通款曲的一件逸事。

这部通俗文学名著便是家喻户晓的《倚天屠龙记》，其开篇所引用的正是一首《无俗念》——

春游浩荡，是年年寒食，梨花时节。白锦无纹香烂漫，玉树琼葩堆雪。静夜沉沉，浮光霭霭，冷浸溶溶月。人间天上，烂银霞照通彻。

浑似姑射真人，天姿灵秀，意气殊高洁。万蕊参差谁信道，不与群芳同列。浩气清英，仙才卓荦，下土难分别。瑶台归去，洞天方看清绝。

词作者乃是金庸笔下"全真七子"之一，史上也确有其人的长春子丘处机。修道之人，摒弃世俗杂念，以《无俗念》为名是比较符合逻辑的，他原本写了十二首，这里只选了"咏灵虚宫梨花"一首。难得金庸先生将这首词解说成是长春真人为《神雕侠侣》的女主角小龙女所作，纯净无瑕的梨花，比拟不食人间烟火的幽居女子，竟天衣无缝，着实令人叹服。先生此举，亦可以作为《念奴娇》这一词牌在当今社会焕发新生的旁证。

　　时代流转，昔日的歌谱早已散逸，念奴的倩魂却游离在《开元天宝遗事》《连昌宫词》等文章诗作的字里行间，每一首《念奴娇》都是对她最深沉的祭奠。每当我们朗声吟诵《赤壁怀古》之类的作品，都能够从那急促昂扬的节奏中琢磨出一点响遏行云的味道，这也正是念奴歌声的曼妙境界。而李清照的闺愁怀人、丘处机的修道云游等低回婉转之作，亦能够体现出念奴娇美如花的容颜和飘忽无踪的命运。于是，不由得扼腕长叹——好一个念奴，好一曲《念奴娇》！

卜算子：玉盘珠落迸清声

【前言】《卜算子》，双调四十四字，上下片各两仄韵。结尾的句子可以酌情增加衬字，将五言句化为两个语义连贯的三字句。此曲音调轻快明了，富含民歌风味，虽然以仄声押韵，却没有丝毫的沉重感。曾经有人用白居易"大珠小珠落玉盘"作为谜面打词牌名，谜底就是《卜算子》，由此可见其节奏感是非常强烈的。直到后来，经过宋代教坊的改编，演变为慢曲，增加了一倍的字数，这才变得轻曼拖沓起来。

关于词牌的来历，一直以来存在两种说法。《词律》中认为这名字源于"卖卜算命之人"，也就是说，该书的作者认为词调最初是模拟算命先生的卦辞占断，细细想来，那轻灵急促的调门，倒真的与卖卜人那利落的嘴皮有些微妙的相似之处。如果说这个来历说法显得有些下里巴人，那么与之对应，还有个稍微阳春白雪一点的故事。

初唐四杰之一的骆宾王，一生留诗无数，虽然脍炙人口的篇目并不太多，但究竟闯下了"王杨卢骆当时体"这样的威名。他的诗有个特点——爱用数字，著名的《帝京篇》开篇就是"山河千里国，城阙九重门"，以至于"秦塞重关一百二，汉家离宫三十六"，通篇共用二十四次数字，端的是令人啧啧称奇。因为这个奇特的习惯，他被人称之为"算博士"，又作"卜算子"。谐谑之间，这个雅号不知怎的就冠成了词牌，在坊间久久传唱，直到北宋时候犹自盛行。

词令如珠，迸溅清音之时亦有昆山玉碎的凄然。虽则本调中所蕴含的民歌风味较为浓厚，基调也以轻快为主，但是并不妨碍它成为那些哀婉故事的载体。野史章集中信手拈来两则，都是动人心魄，读来不免潸然。

关于苏轼这位北宋第一文豪，一生不乏风流韵事。也许是常年浸润于文字中的生活会使一个男人魅力不减，因此，直到风烛残年之时依然有妙龄女子对他倾心。

元祐九年，已有五十七岁高龄的苏轼又在本已经坎坷崎岖的仕途上重重地绊了一跤，被贬到广东惠州。岭南之地，溽暑难耐，瘴气袭人，对于年事已高的苏轼来说，成为仕途不顺之外的又一重打击。然而他生性达观，觉得只要能够"日啖荔枝三百颗"，便能够"不辞长作岭南人"。那风枝露叶的新鲜荔枝是当年杨玉环的爱物，如今他一个左迁的臣子能够尽意享用，也难怪会生出这种"夫复何求"的慨叹。

我们从苏轼的很多作品中可以看出——此君有夜游、夜读的习惯，在炎热的惠州，夜晚的清凉自然更加难能可贵，所以他每天读书到深夜，倒也怡然自得。然而不知从什么时候起，总有人在他读书的时候来到窗外静静倾听，偶尔还能听见几不可闻的叹息，听那柔婉如彩蝶振翼的声音，当是个女子。

　　其时苏轼借住在当地一位姓温的都监家里，温家左近没什么人烟，只有一片宁静的沙洲，苏轼居住的这个后院也已经荒废很久了，院中一棵半死梧桐稀稀落落，颇有些阴沉沉的味道。夜中传来女子的叹息，走到窗前看时，却又只见半轮无精打采的月亮挂在天空，落一地斑驳的树影，却并不见人的踪迹。这样的故事，若是添油加醋刊刻成话本到处流传，定会成为当年市面上流行的说书段子，只怕蒲松龄看了也是会拍案叫绝的。

　　苏轼风清气正，从不信鬼神之说，虽然难免有些好奇，却依旧夜夜诵读不辍。一个偶然的机会，他得知温都监有个女儿，平生最喜爱他的诗词，便起了一些疑心，经过多方求证，终于得知那每夜前来的人儿正是这个名叫温超超的妙龄少女，之所以用"妙龄"一词，是因为那年她只有十六岁。

　　二八年华的女子，有着豆蔻含蕊般的好时节，红颜绿鬓正鲜艳明媚，偏生因为爱才，竟将一缕柔情全部牵系在了这个比自己父亲的年纪还大的男人身上。苏轼颇有些哭笑不得，心里想着不能害了人家女孩子，便多方托人，寻了个与她年貌相当、门当户对的小伙子。谁料这温超超不光有副痴脾气，而且倔强不已，苏轼给她求的这门羡煞旁人的亲事被她一口回绝，眼底那一抹冷然的气息，像是在诉说着决绝的话语。

　　苏轼有些头疼，虽然他曾经有一个小了他二十六岁，平时当作女儿一样疼爱的侍妾朝云，再纳一个温超超似乎也无伤大雅，但是此时朝云新丧，他心中哀恸，便再也没有什么兴致沾染风月之事。更何况，他也不忍心让一个正当韶华的女子跟了他这糟老头儿。当然，他并没有为这事头疼太久，因为朝廷那不知情趣的调令在这个时候颁发下来，本以为惠州已经离政治风暴的核心地区足够遥远，然而这一次是更加遥远的儋州。

　　无端更渡琼州海，却望惠州是故乡。儋州，位于今日的海南岛上，现如今的疗养胜地，当年却是仅次于死刑的放逐之所。含泪送走了苏轼，再也无人于静夜中诵读诗书供温超超倾听，她的身体越来越虚弱，精神越来越恍惚，仿佛失去了生命的原动力，正是牡丹怒放，忽然便开到荼蘼。

　　当苏轼终于结束了长久的贬谪生涯，风尘仆仆地回到惠州，迎接他的却是再度荒废的温家后院，以及那片沙洲上新近隆起的一座孤零零的坟茔。

　　红颜黄土，天差地别的转换，却只在瞬息。

　　那一年，罗浮山下，白鹤观中，当道士们忙忙碌碌地为温超超作着法事，苏轼却用一首《卜算子》来超度香魂：

　　　　缺月挂疏桐，漏断人初静。时见幽人独往来，缥缈孤鸿影。

惊起却回头，有恨无人省。拣尽寒枝不肯栖，寂寞沙洲冷。

遥想当年，一个在窗内伴着烛光低声诵读，一个在庭外沐着月色悄然叹息，不曾有过任何亲昵的举止，甚至不曾说过一句话，但他们在心灵上是相依相偎的，因为他们彼此都很寂寞。忆起那静好安稳的岁月，年近花甲的诗人不由得悲从中来，不知是在感慨凋殒的生命，还是在憎恨自己这行将就木的身躯。怎样也好吧！毕竟，红颜白发已然尽数归于尘土，留在世间的思念，却是不朽的传奇。

苏轼过身以后，约略百年时光匆匆而逝，另一首《卜算子》的故事也于尘埃中开出绝美的花朵。这首词的作者严蕊是一名女子，比之于孤凤一般拣尽寒枝的温超超，她像是生而坎坷无枝可倚的乌鹊，这首词，便是她燃烧了全部生命力的呐喊：

不是爱风尘，似被前缘误。花落花开自有时，总赖东君主。
去也终须去，住也如何住！若得山花插满头，莫问奴归处。

从第一句中我们便可以看出严蕊的身份，风尘飘零的女子，除了伶人歌姬，还会以何种职业自处呢？但是，能够独立作词的歌女即使在以词为尊的宋代也并不多见，这就充分说明了严蕊并不是一个寻常的风尘女儿。严格来说，她是一名"营妓"，也就是随军的倡女，原本是身份低下的，但因为才华横溢，常常在各种官员聚会中得以陪席，自然而然地得到了多方面的重视。

淳熙九年，台州知府唐仲友为严蕊洗脱了倡女身份，本来是一件令人津津乐道的风流韵事，却惹恼了当时的浙东常平使。倒也无关私人恩怨，纯是学术上的争端蔓延到了生活中而已。这位浙东常平使不是别人，正是大名鼎鼎的朱熹。他倡导的理学思想与唐仲友的永康学派意见相左，而且"存天理灭人欲"的观点当然容不得像严蕊这类女人的存在，于是他上书弹劾唐仲友，并将严蕊收押下狱，严刑拷打一番。在朱老夫子那刻板的思想中，根本不存在"怜香惜玉"四个字，可怜如花美眷竟然被折磨得不成人形。

唐仲友一事牵连甚广，竟然上达天听。严蕊是幸运的，她遇到了被称为南宋最杰出帝王的孝宗皇帝，这位果断为岳飞平反风波亭冤狱的执政者面对朱熹痛陈的若干罪状，只是微微一笑，道是"秀才争闲气"，便找个由头将朱熹调离浙东，派岳飞之子岳霖接任。

岳霖是武将出身，与营妓有所接触，也十分同情她们的遭遇，因此，上任之后他首先便着手处理严蕊的事情。当形容惨淡、一身囚衣的严蕊披枷戴锁地被推搡到堂前，岳霖无论如何也无法将她与传说中那个明艳端丽，通晓诗书的女子结合到一处。带着一丝疑问，一丝好奇，他忍不住开口询问女子的归所。在他心目中，她是应该去投奔唐仲友的，然而果真如此的话，传说就未免言过其实。他期待着她的答案，又带着几分畏惧失落的忐忑。一把年纪了，也不知道紧张个什么。

严蕊抬起头，苍白憔悴的脸上唯有一双星眸如点漆般莹润，便是这双眼睛，让岳霖意识到，她并不是一个普通的女人。事实永远比传说更加出人意料，严蕊不假思索地吟出了那首《卜算子》。一生之中所有无可奈何的际遇，所有飘零沦落的感伤，全都融在一首词中，带着对未来的小小憧憬，以及电光石火间看破现实的决然。

毫无疑问，岳霖被震撼了。此刻他已经说不清心中的情绪是惊是喜，抑或是一种肃然的崇敬。他当场宣布释放严蕊，甚至忽略了正常的典狱程序。

这个凄凉的故事到这时已经走向明朗，它甚至有个更加欢喜的结局。虽然严蕊用一种惨烈到近乎绝望的口吻叹息"莫问奴归处"，但也许是老天可怜她半世飘零，终于给了她一个比较不错的"归处"——嫁给一位宗室子弟做续弦。从那以后，世间少了一位薄命才女，多了一个豪门贵妇，我们再也不知道她的讯息，然而我们都希望这个受尽苦难的女子能够一世安稳，正如我们希望那清冷沙洲之上的一缕香魂能够得到安息与慰藉。

钗头凤：彩凤分飞恨断肠

【前言】《钗头凤》，双调六十字，上下片各七仄韵，两叠韵，两部递换。与寻常的平仄韵互换所不同的是，本调的换韵全是在仄韵之间互换，上半阕以上韵换入韵，下半阕则以去韵换入韵。仄韵本已凄冷，加上异乎寻常的换韵方式，便形成了词谱中不多见的"拗怒音节"，即使是乐谱失传的今天，我们仍旧能够从几首经典作品中品读出那种"情急而调苦"的感觉。

此词乃是《撷芳词》的变体，却较后者更为出名，在词史中占据了更加重要的一席之地。考证其根本，终究还是为了一个脍炙人口的故事，正如词调所表现出的那种凄苦之情一样，这个故事也是哀婉低回，教人不忍卒读。

中国文学史上的风流韵事或者爱情传奇，似乎十之八九都与秦楼楚馆、偷期缱绻之类的词语脱不开干系。或者是因为,传统的观念始终认为,良家女子便应当朱门绣户,不可作为文人墨客的席间谈资;或者是她们的生活太过乏善可陈,于是,她们有了固定的名字叫作莫愁或者罗敷,且去嫁人生子,采桑养蚕便罢了。然而我们这个故事中的女主角,却出人意料的是男主角明媒正娶的发妻,也许正是因为如此,这故事从一开始便注定与众不同。

南宋绍兴年间,日后将要镇峙词坛的陆游还没有唤自己作"放翁",彼时他还是年少倜傥的陆务观,有一位美丽贤惠,知书达理的妻子——唐氏。后人从陆游之母姓唐这一点出发,普遍都认为,唐氏是陆游的表妹。后经考证,唐氏与陆游没什么亲戚关系。这倒不妨碍我们对这个故事的眷恋,因为到最后,两人在某种微妙的情况下,还是不情愿地沾上了那么一点点亲。

唐氏单名一个琬字,乃是名门之女,饱读诗书,才情过人。陆游与她成婚后,端的是琴瑟和鸣,神仙眷侣。然而这样美妙的日子并没有维持多长时间,这个刚刚组建的小家庭,便出现了无可补救的裂痕。

我们都说不幸的家庭各有各的不幸,但是来来去去也无非便是那样几个类型。陆家的悲剧源于婆媳关系,正如《孔雀东南飞》中的焦母莫名其妙地厌恶刘兰芝一样,陆游的母亲十分看不上这个儿媳,于是发出了类似"便可速遣之,遣去甚莫留"这样的命令。

"我自不驱卿,逼迫有阿母",情与孝总难两全。陆游写下了休书，两人对泣半晌，相顾无言。

　　唐琬下堂之后，不久便改嫁给一位叫作赵士程的宗室男子，此人乃是吴越王钱俶后人钱忱的表侄，而钱忱同时也是陆游的姨夫，就这样，唐琬与陆游从夫妻变成了中表姻亲，可谓造化弄人，唯有扼腕长叹。好在宋朝虽然理法森严，却对下堂妇改嫁一事还算得上宽容，而唐琬又有幸遇到了一个家境殷实身份尊贵，且性格温良的男子，也算是不幸之中的万幸了。

　　反观陆游，他的仕途始终不顺，与后妻王氏也无共同语言，着实闷了一段时间。

　　这一年恰逢春郊，他便一个人四处游逛，以排遣心中的积郁。不知不觉，便来到了一处难以忘怀之地——沈园。

　　这里曾经是他与唐琬并辔而游之处，山盟海誓白首不离，而今青丝尚未染霜，春光也如旧日风情，伊人却已琵琶别抱，不得不为之叹惋。

　　正自触景伤怀，忽闻一个陌生的男声在唤他的名字——务观。

　　猛然回头，却对上一张在梦中徘徊数年不肯离去的清丽面孔。但见春衫淡淡，楚腰纤纤，美目盼而含愁，巧笑倩以凝怨，虽则珠围翠绕，却掩不住那憔悴的容颜体态。

　　竟然，是唐琬。

　　"务观兄一向可好呢？不介意的话，一起喝一杯吧！"先前那男声再度响起，打破了陆游的怔忡，却原来是赵士程——那个谦淡冲和的男子，论辈分算是他的表哥，少时也曾交游过的，后来因为这一层尴尬的关系，便刻意疏远了。

　　这并不是一场欢乐的春宴，三个人各怀心事，连甘洌的美酒也变得索然无味起来。陆游与唐琬，念着旧时情愫，皆是忧于五内，赵士程固然早就宽厚大度地接受了"女子重前夫"的事实，此时见爱妻肝肠寸断的模样，却也不由得担心起来。

　　陆游浅浅呷了一杯，眼神有些迷离，却又不好直盯着人家的妻子看，只好半低了头，正巧唐琬过来斟酒，便瞧见春衫袖底，皓腕依约，随着那双纤纤素手的晃动，他的眼前仿佛又出现了数年前，同一时间，同一地点，同一双手为自己斟酒的情形……

当时，自己轻轻握住了那双手，就着这个充满暧昧与调笑气氛的姿势，饮下了杯中的美酒。而今，人、景、酒，一切依旧，他却无法再做出这样简单的动作了。

唐琬和赵士程走后，陆游依旧怅然着回忆唐琬的一颦一笑、一举一动，胸中不觉文思涌动，遂掏出随身携带的笔，研好了墨，也不铺纸，便直接在旁边的粉壁墙上飞舞龙蛇，片刻写成了一首《钗头凤》：

红酥手，黄縢酒，满园春色宫墙柳。东风恶，欢情薄，一怀愁绪，几年离索。错！错！错！

春如旧，人空瘦，泪痕红浥鲛绡透。桃花落，闲池阁，山盟虽在，锦书难托。莫！莫！莫！

一字一叹，写完之后更是扶壁叹息不已。他并非风月文人，平生擅长写金戈铁马之事，然则一旦动情，却是柔肠百结，寸寸断裂。且不说那几样信手拈来的衬景已经足以勾勒出凄凉萧索之意，便是这接连的三个"错"和三个"莫"，就已经教人读到哽咽不能语。

无干之人，尚且如此，更何况饱受离别之苦的唐琬。且说她与赵士程游玩一番，不知不觉又走回遇到陆游的地方，却见人已经杳然无踪，唯有墙上墨迹淋漓，正是陆游的手笔。往事历历，涌上心头，一忽儿感慨，一忽儿伤怀，片刻之间，竟自和成了一首《钗头凤》，便题在陆词之旁：

世情薄，人情恶，雨送黄昏花易落。晓风干，泪痕残，欲笺心事，独语斜阑。难！难！难！

人成各，今非昨，病魂长似秋千索。角声寒，夜阑珊，怕人询问，咽泪妆欢。瞒！瞒！瞒！

一字一泣，写罢已然泣不成声。这首和词，并非步韵（即句句依和原韵），甚至平仄韵部的使用都与陆游有极大的出入，从词谱的角度来讲，几乎就是两种调子。然而玩味其蕴含的情致，却与原词大有关联，正如两人此时的关系。

唐琬是个颇有痴性的女子，被迫下堂之后，虽然重遇良人，却终究前尘难忘，以至于苦思终日，忧缠五内，落下症结。自与陆游沈园一会，双双题下连心之句，便更是愁肠百结，药石乏力。那"病魂长似秋千索"，仿若谶语一般，一直缠绕着她柔弱的身体，没过多久，竟而香消玉殒了。

据说，那一年，她只有二十八岁。

陆游听闻噩耗，哽咽不能言语。自此，那一抹淡淡的倩影，自心头最柔软之所移至灵魂最深邃之处，刻下深深的烙痕，再也无法磨灭。

若干年后，仕宦半生的陆游重归故里，其时沈园已然三易主人，当年题词的粉壁也倾颓了大半，墙上的字迹更是斑驳明灭，令人潸然。这时候，柔婉凄切的小词已经不能够表达诗人的感伤，于是他便以最拿手的七绝来抒发悼亡的情怀。在他生命的最后二十年中，留下了十余首悼念唐琬的诗歌，其中大部分都成于沈园。诸如"伤心桥下春波绿，曾是惊鸿照影来""玉骨久沉泉下土，墨痕犹锁壁间尘""也信美人终作土，不堪幽梦太匆匆"，至今读来，犹自泣血。

春来秋往，风雨千年，沈园依旧在工业时代的闹市中茕茕独立，俨然一座纪念爱情故事的丰碑。泛黄典籍中保留下来的只言片语，化作了"宫墙怨柳""残壁遗恨""春波惊鸿"等"沈园十景"，其中"残壁遗恨"便是模拟原有墨迹镌刻的两首《钗头凤》。这些景色虽为后人刻意而为，然情感出于纯真，故而仍旧是值得流连的去处。

纵观情史，棒打鸳鸯以致劳燕分飞的故事不在少数，然而焦仲卿刘兰芝终于得以"合葬华山旁"，梁山伯祝英台也是化作彩蝶双双翩舞。只有陆游与唐琬，完全是生不能同衾，死不能同穴，仅遗下这哀恸千古的连心小词，供后人叹惋、伤怀……

祝英台近：杯酒浇奴坟上土

【前言】《祝英台近》，双调七十七字，前片三仄韵，后片四仄韵，并且特别规定忌用入声部韵。"近"代表中调，与"慢""令""引""序"等是同类词。这个词牌的来历一目了然，因为梁祝的故事作为著名古典传说之一可谓是家喻户晓。虽然故事产生的年代、地域多有出入，但大体上是相似的。最早见诸文字材料的成形作品出自《东坡乐府》，因此大部分人都认为这是苏轼原创的词牌。它的别名不多，一般简称《英台近》或《祝英台》。后因辛弃疾词有"宝钗分，桃叶渡"句，名《宝钗分》，其余还有《燕莺语》《寒食词》等，私以为最美的是《月底修箫谱》，来自张绯词，其意曼妙，臻于化境。

按照词牌最初的命名方式看来，此调最初应该是歌咏梁祝之事无疑。只是，在梁祝化蝶之后近千年，又有一场爱情悲剧，因了一曲《祝英台近》而广为人知，这只能称之为造化弄人了。

南宋江湖派诗人戴复古，爱好游历，足迹踏遍大江南北，终生不仕，以高风亮节著称。他的一生中，也许只做过一件亏心事，在时人眼中可能也不算什么，但是今天看来，这件事足以成为他人生中一个不可磨灭的污点。

他少年时节的生命轨迹跟大部分人一样，早早娶了门当户对的妻子，大概是没有什么共同语言吧，戴复古并没太把这个结发之人放在心上，没过多久便出门游历去了。由于父亲是个"诗呆子"，他子承父志，天生对诗词歌赋有股痴脾气。这一次出门，他先是来到山阴拜访陆游，跟随这位高产诗人学习诗法，继而满怀信心地来到都城临安，希望大展抱负。然而现实是残酷的，他在临安四处碰壁，空耗几年，只得悻悻北上。

彼时，洙泗弦歌之地已沾染上膻腥，残酷的现实让他的诗篇中增添了一股沉郁之气。不过这些与我们的故事并没有太大干系，我们要说的是他万里奔波之后，流寓江南西路一带，在洪州武宁地方暂住之时，发生的那件"亏心事"。

武宁是个安静的小城，远离了钩心斗角的临安和鼓角争鸣的边塞，于身心俱疲的戴复古，确实是个休养的好地方。当地有位富家翁，不知姓甚名谁，只知道家道殷实，且有些文学功底，平素极为爱才。他见到戴复古的诗作，深为赞赏，又觉得这个年轻人品貌也很不错，于是便将爱女许配给了他。

戴复古不知作何想法，竟然隐瞒了已经有妻子的事实，一口答应了这门亲事。也许是因为停妻再娶的事情在那个年代比较普遍，他并没有认识到这是一种道义上的缺失，俗称——缺德。那位富家翁也是太过贸然，竟然不打听清楚就轻易招了个女婿上门，总之，日后悲剧的祸根，就这样埋下了。

婚后的生活平静而美好。那个温柔似水的女子受父亲影响，自幼饱读诗书，诗词歌赋都略略通晓。这样的两个人凑在一起，自然是有说不完的话题。戴复古漂泊已久，忽然有了安定的居所和贤良淑德的枕边人，颇觉适意。就这样，花前月下舞文弄墨，堂前闺中举案齐眉，过了三年神仙眷侣般的日子。唯一美中不足的是竟然没有生下一男半女，后来想起，如果那时有了孩子，惨剧是否就不会发生了呢？然而人生没有回头路可以走，后悔，总是晚了的。

在某个特定的时刻，戴复古终于想起了家乡还有一个人在等他回去，他们虽然没有共同语言，好歹也一直是相敬如宾的。这些年，他已经忘记了她的面貌如何，但是她的存在始终是一个不容忽视的事实。于是，站在人生的岔路口，他不得不做一道选择题。是继续留下来，完全抛弃糟糠之妻，还是回去看看，再想个一双两好的法子，他深深地困惑了。

善解人意的女子看出他有心事，于是温言询问，面对她真诚的眼眸，他终于无法继续伪装，将一切真相和盘托出，然后，等待她的裁决。在他心中，始终存着一丝侥幸——也许,也许这个温柔的女子会理解他,这样的生活,以后还能够继续……

她沉默许久,只是说了一句:"如此,官人快些回去吧,姐姐这些年等得好苦!"然后就帮助戴复古收拾行囊,缝制春衫,神色安然,看不出一丝不满的情绪。

富翁听说此事,顿时暴跳如雷,扬言要将戴复古告官,却在女儿温柔的劝说下悻悻作罢。

送行那天,下着绵绵细雨,一如惨淡的离情别绪。戴复古垂着头,有些讪讪的,不知如何开口。身边擎着雨盖的女子倒是依旧温声细语,絮絮诉说着嘱托之言,无非是寒暖饥饱之类,此时听来,却是那样遥远。

一路送到官道路口,终于到了分别的时候。女子露出凄然的微笑,道:"妾常见官人作小词,十分羡慕,今日也效颦一次,权作饯别,官人莫要嘲笑才好。"说着便低声吟诵起来,清音柔婉,带着无尽的哀愁,正是一首《祝英台近》:

惜多才,怜薄命,无计可留汝。揉碎花笺,忍写断肠句。道旁杨柳依依,千丝万缕,抵不住,一分愁绪。

如何诉?便教缘尽今生,此身已轻许。捉月盟言,不是梦中语。后回君若重来,不相忘处,把杯酒,浇奴坟土。

此时正是暮春时节,官道旁垂杨挽翠,着了雨,如烟似雾,更添愁绪。戴复古听闻词中有不吉之语,急忙拉住妻子的手,道:"不可如此,我去去就回……唉,总之,是我对你不住……"

终于,别离。

戴复古不知道的是,那个温婉女子柔情似水的外表下,始终有着一个倔强的灵魂,在他说出真相的一刻,她就已经存了必死的决心。所以那首词的末句并非不吉之语,而是诀别之词。她目送戴复古的身影在官道上逐渐消失,便转身走向不远处的湖泊。揽裙脱丝履,举身赴清池,没有丝毫的犹豫,神态从容不迫,仿佛只不过是去赴一场黄昏之后的邀约。

身已轻许,并不是致命的问题,因此,她不怨恨父亲的草率。但是她的心陷得太深,除了这一池清水,她想不出还有什么能够让她解脱。三年的柔情,够了,至少那个人最后还是向自己说出了真相,他的心里,自己还是占有很重要的地位吧?也许……

然而那个浪荡不羁的男子,终于还是违背了"去去就回"的誓言,直到十年之后才回到武宁,斯人已逝,岳家也是人去楼空。面对湖畔孤坟,戴复古终于幡然悔悟,悲从中来,可惜,已经晚了十年光景。一杯醇酒缓缓浇在坟头,很快渗入土里,不留痕迹,仿若那个几乎没有留下任何痕迹的女子。在极度哀伤的情绪中,他写下一首悼亡词,调寄《木兰花慢》:

莺啼啼不尽,任燕语、语难通。这一点闲愁,十年不断,恼乱春风。重来故人不见,但依然、杨柳小楼东。记得同题粉壁,而今壁破无踪。

兰皋新涨绿溶溶,流恨落花红。念著破春衫,当时送别,灯下裁缝。相思谩然自苦,算云烟、过眼总成空。落日楚天无际,凭栏目送飞鸿。

那些美妙的记忆,终于从忘川中打捞出来,却因着泡过了泪水,已成酸楚情绪。自己酿下的苦果,却要由一个可怜的女子来品尝。她是那么的善良可爱,在得知自己用谎言欺瞒她的情况下,还将全部的珠宝首饰偷偷塞进自己的行囊……

一只蝴蝶蹁跹而来,轻轻停在戴复古的肩头。莫非是她的精魂如梁祝一般,化为蝴蝶?只是形单影只,好不孤独……这样胡思乱想着,已经非复少年绿鬓的诗人痴痴立在坟前,那只蝴蝶也不肯离去,就这样,画面定格,长久地留存在时光的记忆之中,直到千年以后,依然美妙如初。

我们甚至不知道那女子的真实姓名,《全宋词》中便题为"戴复古妻",方便却冷漠。然而她的词作是绵密多情的,仿佛在与这个残酷的世界进行最后的辩论。不知她是否真的化作了蝴蝶,但是我们希望她的来世能够像蝴蝶一样,无忧无虑地飞翔,在一个对的时刻,遇到对的人,在一起,简简单单,过一辈子,仅此而已。

玉楼春：木兰花开且伤春

《玉楼春》，双调五十六字，前后阕格式相同，各三仄韵，一韵到底。它可以算作《木兰花》的别名，但是因为《木兰花》有几个变体，而宋人偏爱这个类似两首仄韵七绝相叠的体式，所以《玉楼春》反而喧宾夺主了。这个颇有些旖旎风味的名字源于五代词中，顾夐的"月照玉楼春漏促""柳映玉楼春欲晚"和欧阳炯"日照玉楼花似锦""春早玉楼烟雨夜"。大量的重复，一方面说明了花间词的贫瘠，另一方面也证实了这个名字是何等深入人心。它另外还有《春晓曲》《西湖曲》《惜春容》《归朝欢令》《呈纤手》《归风便》《东邻妙》《梦乡亲》《续渔歌》等别名，算得上花开满地，似锦繁华。

五代词中的《玉楼春》，就像是它的名字一样绮丽如梦，其中最有代表性的就是李煜之作：

晚妆初了明肌雪，春殿嫔娥鱼贯列。笙箫吹断水云间，重按霓裳歌遍彻。

临春谁更飘香屑？醉拍阑干情味切。归时休放烛光红，待踏马蹄清夜月。

这个时候，南唐尚未亡国，宫中还是一片歌舞升平的美妙辰光。那些宫女的晚妆定然是精致细腻，也许就是李煜亲创的"北苑妆"——用茶饼衬了金箔，贴在额上鬓边，缟衣綦巾，宛若月宫仙子。天上有清月朗照，宫中还"自有明珠彻夜悬"，根本用不上蜡烛这等俗物。"笙箫"之句，似乎不及中主"小楼吹彻玉笙寒"精妙，却胜在悠远绵长，令人回味。只是，过了仓皇辞庙之日，李煜便再也写不出这样柔腻的词句来了。他是痴人，此时全部精力都放在了国破家亡这块心头巨石上，回首那时繁华，也不过雕栏玉砌，车水马龙，都是过眼云烟。

大约在李煜过世前半年，吴越国主钱俶投诚北宋，至此天下一统，五代十国的纷乱正式结束。说起钱俶此人，与李煜是有些过节的。同为偏安江南的小国，他没有理会李煜联军抗宋的请求，反倒帮助宋军攻打南唐，南唐一破，唇亡齿寒，吴越国的地位也就岌岌可危。钱俶本人被扣留汴京，不得已，只好自献版图，祭别陵庙。北宋得吴越一军十三州，全然不费功夫，相当于通俗说法中的"和平解放"。

虽然有这点要命的瓜葛，但两人还是没什么交集。李煜被囚禁了三年之后遭到鸩杀，钱俶却在宋朝官场上混得顺风顺水。只是历史总喜欢重演一些经典剧目，这两人同为"不能守祭祀，又不能死社稷"的亡国之君，注定要有些相似之处。钱俶和李煜一样信奉佛教，可他显得比李煜更虔诚，至今尚有遗迹的雷峰塔、六和塔、保俶塔就是明证。他也文采风流，只是作品几乎未能够流传，翻遍诸家诗集，正史野史，也只得一首宫词和两个残句。据说那残句来自一阕《木兰花》，当然，也就是《玉楼春》：

帝乡烟雨锁春愁，故国山川空泪眼。

看起来跟"问君能有几多愁"类似，应该都是亡国之后的追思之作，可惜没能够留下全篇，不然应当也是一首佳作。这首词，似乎是钱俶感应到自己大限将至时作下的挽歌，不久之后，他便过世了。关于他的死，与李煜也是有惊人的巧合之处——竟然也是在生日当天，喝下太宗赐的御酒之后身亡。两位国主，就此殊途同归，怎不令人唏嘘叹惋！

钱俶因一首《木兰花》成谶，自然是拍案惊奇之事，然而更加玄妙的事情还在后面。

我们说到北宋文史的时候大概总要顺带提一下钱惟演此人，他是"西昆体"的代表人物，也是欧阳修和梅尧臣的支持者，对文坛做出了一定贡献。他是钱俶的第七子，吴越亡国时候尚在襁褓之中，因此没有什么故国哀思作为牵绊，借了父亲的东风,一门心思奔波仕宦。他的那些手段总是为人所不齿的,阿谀逢迎、攀亲联姻,几乎无所不为。因为做法太过极端,惹得整个北宋官场都对他有了强烈的反感之意。晚年时候便被逐出朝廷,仕宦之途终于"枢密使"和一个"同平章事"的头衔,没有真正当成一人之下万人之上的宰辅。钻营一生,到头来两手空空,他自然是有所不甘的,但是错已铸成,别无他法,只能暗自慨叹,对酒伤怀,作下一首《玉楼春》阐释当时心绪:

城上风光莺语乱,城下烟波春拍岸。绿杨芳草几时休?泪眼愁肠先已断。

情怀渐觉成衰晚,鸾镜朱颜惊暗换。昔年多病厌芳尊,今日芳尊唯恐浅。

忽略人品的话,他的词倒是极好的。只是未免太过哀伤,空自惹人难过。尤其那"绿杨芳草几时休"一句,竟然与钱俶的残句暗自吻合,十分不吉。这首词传至内院,一位华发苍颜的老妪闻之落泪。

她名惊鸿,是钱俶的舞姬,当年吴越尚未亡国之时,也曾作惊鸿一舞,令君王龙颜大悦,于是深受眷宠。星月匆匆,昔日红颜已成白发,嗓子涩了,身段滞了,却还是留了下来。作为故国的见证者,她像是钱家对那段尊贵荣耀时光的最后回忆。她哽咽着说:"当年先王作《木兰花》,便是预感到了自己将要薨逝,而今相公竟也作此哀音,难道说您也要离去了吗？"

不久，钱惟演病逝于随州，这夺命的词再次成谶。可怜他天生比旁人身份尊贵，虽是失了国的王子，北宋终究也没亏待他，这样得天独厚的条件，若是及时行乐，做个太平富家翁，怕也不是什么难事。可惜过于钻营，终究是作茧自缚了。相比之下，后来居上的宋祁就很懂得享受之道，因此过得逍遥惬意。之所以将小宋与老钱相提并论，是因为这位小宋学士也有一首《玉楼春》，而且可能还是这个词牌迄今为止知名度最高的作品。他一生只留下六首词作，能得一篇名垂千古，也算是得其所哉。这一首《玉楼春》，兼清丽柔婉与风流浪荡于一体，颇似他本人的写照：

东城渐觉风光好，縠皱波纹迎客棹。绿杨烟外晓寒轻，红杏枝头春意闹。
浮生长恨欢娱少，肯爱千金轻一笑。为君持酒劝斜阳，且向花间留晚照。

春日冶游，本是写到泛滥程度的题材。好像全部的灵感都被前人用尽了，后人便只能把那些意象排列组合一番。宋祁的绿杨红杏，也不过是这排列组合中的一个元素。难得他用一个"闹"字，将全部的春情春意都变得鲜活灵动，因此并没有落了前人窠臼，反而为后人提供了素材。因了这句词，宋祁竟然被称作"红杏尚书"，一板一眼的官名加上如此明媚可爱的前缀，竟然毫无违和之感，可以算得上是一段佳话。不过这佳话并非只此一家,与宋祁同朝的张先时任尚书都官郎中,以"云破月来花弄影"著称,宋祁去拜访他时请人传话道:"告诉你家'云破月来花弄影郎中',就说故人来访。"张先在房中听见了,不等下人通传,便大声问道:"是不是'红杏枝头春意闹尚书'来了?快快请进!"这两个绰号天生登对,联在一处,顿觉趣味横生。

宋祁的人生态度中含有很大的"及时行乐"的成分,因此才会"浮生长恨欢娱少"。他的文采比哥哥略高一筹,当初由于兄弟次序的问题才没能当上状元。但是宋庠(及第前名宋郊)为人稳重质朴,因而最后官至宰相。据说某年元夕，宋祁欢饮达旦，彻夜苦读不辍的哥哥听说了，派人去谴责他说："你怎么可以这样贪图享乐呢？难道忘了那年元夕我们俩一起在书院中发奋用功，只能吃咸菜白饭充饥之事了吗？"宋祁笑吟吟地对传话者说："你倒是帮我问问家兄，我们那时候吃咸菜白饭究竟是为了什么。"

十年寒窗无人问，一举成名天下知，那时的苦是为了今日的甜，这种心态其实是大部分读书人所共有的。只不过，宋祁是他们当中最为坦率的一个，他能够把这种观点时刻渗透在自己的行止起居中，并引以为豪，这是相当难得的。若他用生活的态度去宰辅经国，怕是要坑了天下人，事实上他把两者分得非常清楚，对于治国之道也有着十分犀利独到的见解。后世研究宋史不能不提到的"三冗""三费"概念，就是他总结出来的。相比之下，宋庠这个太平宰相倒有些寂寂无闻了。

宋祁善于为官，却不汲汲于此道，官职于他便不是装满功名利禄的包袱，而是享受生活的必要条件。有了豁达的性情，他的作品也随之充满了轻快活泼的情感，就像是红杏闹春一般灿烂美妙。也许，他才是最懂得"玉楼春"三字精髓之人，不过是"玉楼宴罢醉和春"，得逍遥时且逍遥罢了。

第三章

花犯・自度清雅

春冰笺上流泻开来的工尺谱，七弦琴底涓滴而出的宫商调；

总有那些特立独行的文人，想要做点儿不落窠臼的事情……

文人自度曲，可以说是宋词中的"奇葩"。若说那些自由发展而来的词牌是一园肆意生长的万紫千红，由文人自行创作的词牌便是人工培育的温室花朵。

这并非一件容易的事情，因为照着固有的词谱填写，只需注意平仄字数便差不了许多，但是自己创作一个词牌，却需要兼备极高的音乐素养和文学素养。唐时没有文人做这"出力不讨好"之事，直到宋代柳永之时，方才开了先河。此后虽然没有一发不可收，却也陆续有继承者，周邦彦是之，姜夔是之。特别是姜夔的《白石道人歌曲集》中至今还保存着当时一首可以演奏出来的工尺谱，可以说是硕果仅存的词牌曲谱，因此更显得万分珍贵。

就让我们回溯时光，悄然贴近才子们寂寞的心灵，聆听那些可以歌唱的文字。

望海潮：亡国之祸因此调

【前言】《望海潮》，双调一百零七字，前段十一句五平韵，后段十一句六平韵。这是柳永自创的词牌，《乐章集》中注为"仙吕调"，"东南形胜"一篇，是柳永词作中为数不多的意境开阔之作。海潮即钱塘潮，是江南地区难得一见的雄壮景象。每逢农历八月十六到八月十八，可见天际云水相接之处产生一条银线，顷刻间便如奔雷般滚滚而来，吞天沃日，钱塘湾中观者如堵，颇为壮观。柳永沿用了前朝词牌的命名法则，将吟咏对象作为题名。当然，他的词作中，钱塘潮却并非主角，琳琅满目的杭州城市风貌才是他书写的最重要对象。不过，这样大开大合的作品，无论从笔法还是词意上来说都是千古佳作，这是绝对值得留意的一件事情。更何况，这首词还与宋朝的兴亡，有那么一丁点微妙的关系。

柳永并非从一开始就流连菊愁兰泣，耽溺草色春光，少年时代，他也有仗剑天下的豪迈倜傥。那个时候，他的父亲柳宜有官职在身，虽然并不算位高权重，倒也不愁生计。儿时随父亲辗转调任，他的视野得到了一定程度的开阔，后来年纪渐长，他便自行游历，踏遍江南大好河山，这为日后词曲的创作完成了最初的奠基。

转眼到了二十岁，束发戴冠，正式跨入成年人的行列。这一年柳永来到杭州游学，甫一踏上这片繁华的土地，他就被深深地吸引了。这里的文化底蕴、人文气息，像是磁石一般牢牢吸引了他。伍员庙中的潮声回荡着久远的恩怨情仇，苏小坟上的青草诉说着凄婉的缠绵故事。这里是文人的风流地，也是浪子的温柔乡，他是文人，也是浪子，于是理所当然地停住了脚步，一个不经意的回眸，便再也无法自拔。

他的一生中有很多女子，知名的、不知名的，来来去去，都是心头最柔软的思念。人道他多情却似总无情，可他的确是以真心对待她们中的每一个人，纵然是善良的残忍，这些总是被轻视的女子还是甘之如饴的。柳永与秦楼楚馆的最初邂逅便始于杭州，而那最初的红粉知己，有个柔婉多情的名字，叫作楚楚。她的出现，成为柳永生命中的第一抹亮色，而且从来不曾磨灭。究其原因，大概是因为她为柳词的传播做出了突出贡献吧。

彼时的杭州知府孙何恰是柳家世交，柳永本欲拜访，奈何门禁森严，他以一介布衣的身份，自然是无法见面。思来想去,总没有好办法。正好这日在楼头听楚楚唱歌,抬眼望见窗外西湖烟柳,游人来往如织,十分热闹,词情在胸中涌动,几乎喷薄欲出。于是提笔写了一首长调,题名《望海潮》:

东南形胜,三吴都会,钱塘自古繁华。烟柳画桥,风帘翠幕,参差十万人家。云树绕堤沙,怒涛卷霜雪,天堑无涯。市列珠玑,户盈罗绮,竞豪奢。

重湖叠巘清嘉,有三秋桂子,十里荷花。羌管弄晴,菱歌泛夜,嬉嬉钓叟莲娃。千骑拥高牙,乘醉听箫鼓,吟赏烟霞。异日图将好景,归去凤池夸。

北宋的市井文化发达,但是在此之前,从来没有人想过将这繁华的景象写入词中。柳永不仅做到了这一点,而且做得相当漂亮。从历史的因缘,到地理的优越,以至于物产、人文,各个方面无所不包,就连长官出门的排场都顺便写了进去。他写完之后,自己认为还算不错,于是当场改词定调,教给楚楚,请她帮忙在宴会上传唱。楚楚的歌喉不似普通歌女一味缠绵甜腻,她音域宽广,适宜高亢嘹亮的曲子,是以这词的调子倒是与她对路。当这首词终于在孙何面前亮相的时候,这位州郡长官只觉得耳目一新,仿佛进入了一个崭新的领域。他从来不知道,杭州竟然可以这样美,自己出行的队伍竟然是这样威风,于是马上询问作者姓甚名谁。楚楚笑语盈盈,道是柳七柳三变,孙何恍然大悟,原是故人到了自己的地盘，连忙安排见面，结果自然是宾主尽欢。

以赋为词的传统，大概在此便萌生了新芽，后来词家非常喜欢用《望海潮》来咏叹繁华的城市，很明显是受了柳永这首词的影响。比如秦观"洛阳怀古"，也是用这样铺陈华丽的手法写出洛阳昔年的繁盛，只是怀古之作，终究充满了萧索之意，是以总不如柳词这般意气风发，令人向往。

原本这是一首充当拜帖的词作，没料到发挥的效果却是非常显著，影响也是极为深远的。那么，我们为何要说这首词与宋朝的生死存亡扯上了一点关系呢？罪魁祸首便是词中最美的那八个字——三秋桂子，十里荷花。

杭州有山有水，相映成趣。山里的桂花历来就颇负盛名，传说是月中桂树遗落人间的种子生成，每到三秋时节，便是香飘云外。而水面宽广，自然是遍种芰荷菱菰之类，到了夏天，荷花肆意开放，绵延十里，自然不在话下。这区区八个字看似简单，却包含了时间的纵深和空间的跳跃，将杭州的美景浓缩到了极致。柳永的词作流传甚广，"凡有井水处，既能歌柳词"，边陲的西夏和金国也在传播范围之内。金主完颜亮也是个擅长诗文的人，他读罢这首《望海潮》，始终对于"三秋桂子，十里荷花"两句耿耿于怀，西湖的美景总是在梦中闪现，于是便起了将其据为己有的念头。

按说完颜亮这个人也算是个有些手腕的君王，只是寡人有疾，总是为人诟病。虽说身为一国之君三宫六院算不得什么，但是他做得也太过分了一些，只要听说谁家女子有些姿色，不管是有夫之妇还是没成年的少女都一并收入帐中，连自家亲眷也不放过。柳永的词作为他南侵的重要诱因，却还差了些意思，因为擅长描摹女儿情态的柳永这一次没有在词中描写杭州美女。不过君王身边总是不缺煽风点火之人，完颜亮的宠臣梁珫见主子对江南流露出向往之情，趁机大肆渲染宋帝爱妃刘氏之美。于是完颜亮坚定了南侵的决心，为此他还作了一首诗：

万里车书一混同，江南岂有别疆封。提兵百万西湖上，立马吴山第一峰。

车书混同的岁月，自盛唐之后便难以再现，完颜亮此诗的确口气嚣张。而且他说到做到，正隆三年，开始准备南侵，正隆六年，点兵大举攻宋，其中一路军队直指杭州——此时名叫临安，除了想要一举取得南宋都城之外，更要将那"三秋桂子，十里荷花"尽数收入囊中。

然而，他没有做好"攘外先安内"的工作，在国内政权尚不牢固的情况下就贸然亲征，实在是不算聪明。其实照他那样折腾后宫的法子，内政又怎能稳定呢？果不其然，还没打过长江，后院就已经起火，被人废了帝位。这边又在采石矶被虞允文杀得大败，只好转道瓜洲，仍旧幻想着渡江。楼船夜雪，铁马冰河，这一次，不用宋军动手，叛军首先就结果了完颜亮。可怜此君在位十二年，竟然被废帝，而且魂断异乡，不得全尸。金国经此内乱，整顿起来也需要一阵子，加上新君完颜雍加紧力量对付契丹人，因此宋王朝又得到了一阵休养生息的时间,继续竟享豪奢去了。

　　历史总是无情,虽然因为侵略者的内乱使得一场浩劫推迟了几十年,大好河山却还是免不了沦陷的命运。山外青山楼外楼,直把杭州作汴州,羌管菱歌,嬉闹不休,而这繁华的表象之下,已是千疮百孔,让人不忍卒视。却不知柳永看到这一切,是否还能有心再赋一曲《望海潮》,残忍地撕破这升平好景,让汹涌的钱塘潮彻底荡尽污浊?

鹤冲天：白衣卿相醉风流

【前言】《鹤冲天》，双调八十四字，前段九句五仄韵，后段八句五仄韵。它是词人自创的词牌，除了创始人柳永之外很少有人填写。由于它对于柳永的职业词人生涯有着至关重要的作用，因此也在词坛上留下了浓墨重彩的一笔。另外，《喜迁莺》的别名也叫《鹤冲天》，说起来，它们的来历也是多多少少有点瓜葛的，但的的确确是完全不同的两个词牌。

"鹤冲天"三字，难免使我们想到唐刘禹锡"晴空一鹤排云上"之句，碧霄空阔，孤鹤翱翔，意境高远而寂寞。然而这个词牌名称的最初来历，却是有一些世俗味道，甚至是有点急功近利的感觉。

晚唐诗人韦庄，作为花间派的领袖人物，对待功名利禄的态度似乎并不像"花间"之名一般闲适。他四十五岁赴长安赶考，逢黄巢之乱，没能如愿，辗转十余年，最终还是以五十九岁的高龄登第。昔日龌龊自不足夸，今朝放荡也是无涯，春风得意之际，他写下一首《喜迁莺》：

街鼓动，禁城开，天上探人回。凤衔金榜出云来，平地一声雷。

莺已迁，龙已化，一夜满城车马。家家楼上簇神仙，争看鹤冲天。

黄莺飞上枝头，纵做不得凤凰，也要自觉像是白鹤冲天一般引人注目。簪花琼林，跨马游街，这是迷惑天下读书人的梦境，也是他们的桎梏，只是身在局中，总是看不透的。即使是用一首《秦妇吟》铸就乐府长城的韦庄，这时候也未能免俗。由于这首词流传较广，《鹤冲天》一时成了《喜迁莺》的别名，这两个名字作为恭维中第举子的吉祥话，一直广为流传。

韦庄的仕宦生涯刚刚开始，唐王朝却已经如同薄近西山的残阳一般只剩下最后的微光。国脉凋敝，诗坛也是奄奄一息，而词这种文学形式却趁机脱离"诗余"的附庸之名，独立成长起来，只是速度很慢，一时无人察觉。韦庄与温庭筠等早期词人，也只是将它当作精雕细琢的文字游戏，他们不会相信，在不久的将来，这种参差不齐的长短句会登上文坛的主流地位；更不会相信，竟然有人将填词作为毕生为之奋斗的职业与信仰。

然而没有人能够预测历史的心思,历经残唐五代的黯然与蛰伏之后,词就像是缓生的春草,在不知不觉间绿成一片广阔的原野。而那个注定为填词而生的男子,也逐渐出现在世人眼中。

当金陵城头竖起了宋军旗帜,南唐故老君臣黯然北上,挥洒一路的凄凉。大抵每个王朝前期的统治者,总会对"前朝余孽"有所顾忌,然而他们的命运已经好上许多,起码刚得了江山正在春风得意的赵家天子还是肯施舍一官半职的。也许在赵匡胤眼中,这些习惯吟风弄月的文人墨客构不成多大威胁,所以也没有多加管束。你看,历史总是有其巧妙的安排,如果当初采取了"斩草除根"的政策,便会少了许多惊艳千古的丽词华章。

李煜变伶工之词为士大夫之词,自是不必多言的。他逝世以后,一干南唐旧臣怀恋旧主,常常暗自念诵他的作品,大概因为李煜因故国哀思见杀,所以他们少有亲身创作。昔日的监察御史柳宜,在降宋之后被授为沂州费县令,对于后主的词作,他总是以很虔诚的态度去念诵的,在终日耳濡目染之下,他的儿子竟然都得了几分真髓,这倒也是无巧不巧的事情。柳宜有三子,分别名之为三复、三接、三变,虽然附会起来,可以解释成光复故国、接续江山、变换风云之意,实际上柳宜是跟后主一样性情柔弱之人,大概不会有这样的想法。三个孩子中间,三变最有作词天分。虽然他出生之时南唐已亡了十余年,但他好像是骨子里天生就带着故都金陵的风月情怀，于是就成了李煜精神上的直接继承者。更兼少年时代几番游历，看遍了大好河山，开阔了视野，他的词作便逐渐成熟起来。

如果把所有的文学形式比作一家兄弟，那么词一定是庶出的幺儿，私下渐得宠溺却终究不能堂而皇之地登堂入室。虽然后世唐诗宋词并称，但唐朝曾以诗取士，宋朝却从没有把词列为考试科目。所以柳三变最初的时候只能把作词当作业余爱好——柳家一门书香，他是必须参加科举的。

三变三变，他一生中最艰难的蜕变，就始于这"科举"二字。

北宋是注重生活品质的朝代，天下太平之时，举目所及，尽是珠翠繁华；侧耳倾听，总有丝竹弦歌。青年时代的柳三变游历天下，鉴赏河山的同时也沾染了声色，并逐渐流连迷醉。本来年少荒唐，也是无可厚非之事，但是当他来到汴京备考的时候，这一切又有了质的变化。须知京师重地，汇集天下风流，这里青楼画阁鳞次栉比，宝马雕车争驰竞驻，柳陌花衢，茶坊酒肆，任何一个细节都能彰显出非同凡响的奢华。而且，这里的歌姬舞女色艺双绝，出类拔萃。圣贤文章于她们无用，风流小词才是心头至宝。因此，当柳三变在汴京的歌楼上写下第一首慢词之后，他便成了这些女子争相追逐的对象。于是红袖楼头，夜夜笙歌，春闱尚未有期，却已经俨然是个填词状元。

歌楼中所需的词作，皆是软腻销魂，风流无骨，好在柳三变是个死心眼的人，即使千篇一律的偎红倚翠，却也是真心实意地倾注一腔柔情。因此,他的词虽然轻慢缠绵,倒也不至于空洞无味。追欢之地,真情最是奢侈,这大概便是歌姬们眷恋他的最重要的原因。

然而许是词作得多了,笔尖便软了,文章也多少带了些脂粉气,他志得意满的第一次科举就这样以落榜告终。反正情场正是春风得意,考场的失意倒是没有给他带来太大的打击,于是继续流连秦楼楚馆,填词作乐。名气在这个时候愈加膨胀起来,以至于家家歌儿舞女皆以不识柳三变为耻,是否得过柳词,是否能歌柳词,成了评判红牌的硬性指标。

岁月如同琵琶弦上呜咽而出的相思,点点滴滴,不经意间便逝去。少年子弟江湖老,仿佛不过一个轻轻的弹指,柳三变耽在汴京却已是十年光景。眼见着身边红颜更迭,云英欲嫁,同期的举子多有金榜题名,就连那才思远不如自己敏捷的哥哥柳三复也进士及第,而自己三试不中,仍是一介布衣。自怜自伤的情绪随着淡淡的酒意在心头扩散开来,千言万语,汇成一曲新词,虽然用了旧题,却是全新的格调,以及全新的意境:

黄金榜上,偶失龙头望。明代暂遗贤,如何向?未遂风云便,争不恣狂荡?何须论得丧。才子词人,自是白衣卿相。

烟花巷陌,依约丹青屏障。幸有意中人,堪寻访。且恁偎红倚翠,风流事,平生畅。青春都一晌。忍把浮名,换了浅斟低唱。

这一曲《鹤冲天》，很快便在坊间传唱开来，柳三变狂放的姿态令人咋舌，但是他的真性情也得到了人们的羡慕和钦佩。"白衣卿相"原本泛指举子，这么一来，反倒成了他柳三变的专属身份，旁人便有些消受不起。只不过，这种"口舌之快"所带来的负面效应实在是太过沉重了一些。

凡有井水处，即能歌柳词，在不知不觉间，柳三变的作品已经先他这个作者一步走进宫闱，得到少年仁宗皇帝的喜爱。每逢宴饮，都要命宫人一遍又一遍地演唱。按理来说，柳三变的名字已经在皇帝那里"备案"，想要得个一官半职也不是什么难事。但仁宗不是可以为一首好词破坏原则的徽宗，他是崇尚理性，遵循人伦的儒生皇帝，文道与政道分得十分清楚。这可能是受了母亲刘太后的影响——那年宋郊、宋祁兄弟同登金榜，明明是小宋的文章更好，却因为太后一句"弟不可先于兄"而屈居次位。由此，柳三变这浪子的命运可以想见。后来他终于被预录为进士，谁知名册文章呈上御案之时，仁宗一眼看见他的名字，便提起这首《鹤冲天》，颇有些生气地说："他自是白衣卿相，要什么浮名？好好填词去罢！"

天子一言九鼎，自然无人再敢举荐，于是入仕这回事儿便彻底绝了念想。柳三变闻知圣意，无可奈何，唯有自嘲地一笑，举起玉盏，遥望宫城方向，饮尽那胭脂色的残酒，道一声："领旨，谢恩！"

柳三变于是离了京城，离了这个承载了十数年欢喜与忧愁的地方，接续青年时代的游历之路。仁宗一句气话，自己都未必当真，但是柳三变文人痴性，从此更加把填词作为事业经营，真个就填了大半辈子的词。这样的执念，若是那爱词成痴的李后主泉下有知，只怕也要长叹一声"后继有人"了。

很久以后，许是倦怠于漂泊不定的羁旅生涯，鬓已星星的柳三变又回到汴京，再次参加科举，这一回他改了名字，终于中第。

改后的名字，便是开创慢词之宗，更于后来光耀千古词坛，令所有词家都为之仰视的两个字——柳永。

晓风残月，烟柳画桥，韶华如水，顷刻间变幻了茫茫云烟。没人记得那年黄金榜上状元魁首的姓名，只有那个失意的白衣男子，永远定格在时间的记忆中，任凭历史长河风高浪急，他的身影始终不曾磨灭。也许，我们应该感谢那一次又一次的落第，虽然我们有理由相信天性仁厚的柳永会成为一个爱民如子的好官——事实上他在浙江做盐监之时，曾有《煮海歌》这样类似诗史的作品留下——但是历史总是有自己的打算，最初的时候，我们猜测不到，蓦然回首才发现，这样的打算原来是最正确的。若是柳永过早地迁莺化龙，就不会有《乐章集》的问世，词也不一定会成为宋代文学的主流。

简而言之，是一种必然的无奈造就了柳永，虽然正史中不曾留下他的传记，但是那些绮丽的词章与传说，为他建造了一座无形的丰碑。他的灵魂，就像是一只风姿卓荦的白鹤，冲破了四书五经的桎梏，冲破了理性封锁的云霄，在九天之上，自由自在地翱翔。

扬州慢：黍离之悲空怅惘

【前言】《扬州慢》，双调九十八字，前段十句四平韵，后段九句四平韵，这是南宋词人姜夔的自度曲，题名很好理解，便是用于书写扬州之事。词牌中有很多以地记名，诸如《甘州》《西河》等，以古曲居多，《扬州慢》在它们中间是比较年轻，也不是太常用的。其实词人的自度曲，尤其是姜夔的作品，除了作者本人之外的确少有人使用。大概一方面是因为这些词牌比较偏门，不像流行的词牌那样脍炙人口，另一方面也可能是因为词人一门心思钻研乐律，折腾出的词谱本身就不太容易上手。但是不管怎样，白石道人自己填的那首《扬州慢》，还是孤篇横绝，得以列入宋词杰作。

《尚书·禹贡》上曾有范范一笔，道是"淮海维扬州"，范围大得没边，十分难以考证，却是"扬州"这个名字的最初记载。后来经历风风雨雨，多个地方皆用过此名，最后在隋朝才定广陵为扬州，不再更改。这也就是为何李白送孟浩然去广陵，却在送别诗中说他的"故人"要"下扬州"，因为一个是古代的名称，一个是当时的名称。隋唐盛世，这里是歌舞繁华之地，较之苏杭，绝不逊色分毫。

从如山的典籍中，我们可以窥见一个如梦如幻般的古扬州——

自那广陵一曲成为绝响，便教历史的记忆为之惊艳。行云住了，流水滞了，天地间只剩下一琴一人，还有那美妙如斯的曲；

琼华堆雪，不染纤尘，听闻是瑶池遗葩，绝不生于别地，或许，因为这里是最接近仙庭的土壤，才能生出这样的花儿，竟使举国遍裁宫锦，天下尽为龙舟；

那竹西歌吹之处，循着声音便可见十里珠帘，香风熏软了行人鞍辔，胭脂点润了才子笔尖；

天下三分明月，二分归了扬州，二十四桥之名纠缠千年，谁也无法全然说清……

扬州，仅仅两个字，始终在舌尖旋转徘徊，像一声轻盈的叹息，又仿佛绵延的爱恋。

宋代的扬州几经风雨，由于是江防要塞，宋初在此铸造三城，那是三道坚固的防线。隔江与之相望的，是南唐最后的残山剩水，绵延喘息。后来，天下太平了，扬州便又恢复了昔日的繁华，广陵芍药冠绝天下，海上丝路声名远扬，说不尽的名士风流，上邦气度。只是这幽梦太过匆匆，随着北宋王朝的末日倒计时，金军铁骑寸寸向南逼近。徽钦二帝并无数宫人珍宝被尽数俘虏，成了千古笑柄，高宗匆匆继位，却很快被金兵逼得南逃。再向南处便是维扬大地，南宋君臣的逃窜，终于给这座古城带来了毁灭性的灾难。

建炎三年，金兵追逐着高宗的脚步来到扬州城外，高宗弃城逃走，城中十万子民拥在瓜洲渡口，被金兵尽数残杀掳掠，鲜血染红了江水，尸首充塞了河道，那曾被春风染绿的江南之岸，那两三星火的斜月夜江，转瞬间变成了修罗之场。鼎铛玉石，金块珠砾，此前不知秦人为何不甚惜之，现如今方才恍然——原是乱花渐欲迷人眼，贪婪的金军大概都不知拾取什么才好了。金玉尚且如此，更不用说祖庙牌位——自太祖至哲宗，或许还有生死未卜的"二圣"，他们的神主灵位全都被不成器的子孙丢在了瓜洲渡口，任凭江水浸没，无人收拾。

金军搜空了扬州千百年的积蓄，押解子女玉帛，满载而归，走时更遣祝融进行了彻底毁灭。可怜一座歌舞升平了千百年的古城，就这样在火焰的吞噬中发出最后的呻吟，然而，直到最后化为焦土，也无人倾听。

幸存的人们，收拾起残破的哀伤，默默地重新建设这片满目疮痍的土地。三十年后，复兴刚刚有了那么一点苗头，却又被南下的金军铁骑践踏得支离破碎。虽然楼船夜雪之际，宋军于瓜洲渡口也算扳回一局，但城中百姓还是被迫撤离，十里春风，便是这般，再度成了老去的梦幻。

那一年，姜夔八岁，或许还是个不谙世事的孩子，又或许他已经感受到了生逢乱世的惶然。后来，父母过世，不得不到汉阳姐姐家生活。寄人篱下总是不太舒服的，因此他成年之后便离开了汉阳，策马江湖，游历天下。

词人们在二十二岁的时候都在做什么呢？李煜还不知道自己将要接下南唐君位，晏殊已经当了著作郎，苏轼因一篇《刑赏忠厚之至论》为欧阳修大加赞赏，陆游也许在跟唐琬生离死别，张孝祥志得意满接连中第正向状元之路进发，辛弃疾在抗金义军中以少胜多生擒叛首……

作为后辈的姜夔，在二十二岁这一年，却是面对着冬至之日空荡荡的扬州城，写下了那一曲传唱千古的《扬州慢》：

淮左名都，竹西佳处，解鞍少驻初程。过春风十里，尽荠麦青青。自胡马窥江去后，废池乔木，犹厌言兵。渐黄昏、清角吹寒，都在空城。

杜郎俊赏，算而今重到须惊。纵豆蔻词工，青楼梦好，难赋深情。二十四桥仍在，波心荡，冷月无声。念桥边红药，年年知为谁生？

如果说，每一座城市都有自己的所谓"代言人"，那么扬州一城在唐代毫无疑问应当是由杜牧"代言"的。"春风十里扬州路""十年一觉扬州梦""谁知竹西路，歌吹是扬州"……他在作品中从不讳言自己的风流韵事，自然也不会咨嗟对这风流之地的溢美之词。只是他做梦也不会想到，在数百年之后，这座寄托了他豆蔻之梦、薄幸之名的城，竟凄惨如斯，就算他有那"鸟去鸟来山色里，人歌人哭水声中"的豁达，怕也是要落不下再赋此城的笔。于是，姜夔默默地接过了他的工作，自度一曲，吟到断肠。

　　姜夔若生于北宋，大概可以跟贺铸称兄道弟煮酒论词。他们都是不遵照旧例的人——贺铸自己给词改名并引以为乐，姜夔除了喜欢自己创作新的词调之外，还酷爱在词前写序，而且越写越长。这首《扬州慢》的小序基本交代了时间、地点、人物、起因、经过、结果，俨然标准作文。前面几句与词境仿佛，倒是无须赘言，最后一句"千岩老人以为有黍离之悲也"，是别人夸他的言语，似乎他亦自以为如此，便原封不动写了进来，却也是有些趣味的。这位"千岩老人"名萧德藻，他对才气纵横的姜夔青眼有加，后来还将侄女嫁给了姜夔。他说这话典出久远，而且非常有根据——亡国之恨自古称之为"黍离之悲"，源于《诗经·王风》中的《黍离》一篇：

　　彼黍离离，彼稷之苗，行迈靡靡，中心摇摇。知我者，谓我心忧，不知我者，谓我何求！悠悠苍天，此何人哉！
　　……

　　周朝灭后，故国大夫经过宫室宗庙，见昔日繁华之处尽生黍离，未免悲从中来，仰天长叹。而那"过春风十里，尽荠麦青青"之句，与其境遇何等相似。这不是白居易笔下静默的村居风景，而是屈辱往事的不灭烙印，也是幸存者的痛苦挣扎。

  扬州再度繁荣，已经是很久以后的事情了，历经十个月的保卫战，它终究还是沦为元朝土壤。虽然那傲然的琼花再也不肯发出新芽，"金带围"芍药也再无人得见，但废墟上终究还是建起了新城，城门中渐多了人来人往。唐诗宋词在风月中老去了，歌楼酒肆上流行的是元曲，是南戏，是弹词……只是，那首《扬州慢》，仍旧是无人可以忽视的。它就像是一块无形的丰碑，记录着扬州城那段血色历史，为后世做了明鉴。却不知清代"扬州十日"之劫来临之际，血流漂橹的城中，会不会有人唱彻此曲，聊作一阕挽歌？

暗香、疏影：冬来忆取双生梅

【前言】《暗香》，双片九十七字，前片五仄韵，后片七仄韵；《疏影》，双片一百一十字，前片五仄韵，后片四仄韵，二者都用入声韵部。它们是词史上罕见的双生之作，最初由姜夔自度，以歌咏梅花，遂传唱天下。两词调名来自林逋的咏梅名句"疏影横斜水清浅，暗香浮动月黄昏"，源头清楚，无可争议，这便是文人自度曲特有的好处吧。

若解《暗香》《疏影》，似乎就不得不顺带提及姜夔的少年情事。这大概是文坛野史中最神秘的一段爱情，他人眷恋风月，要么干脆秘而不宣，要么弄得尽人皆知。隐秘者我们无从考证，坦率者却比比皆是，诸如晏几道之于莲鸿蘋云，李之仪之于杨姝，不一而足，倒也毋庸赘述。这些人要么在词作中大胆流露真情，要么在作为时被人记录传唱，总之都是有料可查证的。姜夔偏生与人两样，他既没有刻意隐匿，也没有刻意透露，他的词中处处可见恋人的身影，但是模糊缥缈，不啻凌波惊鸿，一个眨眼，便无迹可循。千百年来，众说纷纭，莫论对方姓名，就连究竟是一个是两个都还没有确定。这断然不是寻常的情愫，也许便是白石心中最深处的痛楚，本来不肯对人诉说，但是压抑难耐，终于流泻出丝丝缕缕的点滴记忆，让后人憧憬的同时也困扰着。

历来文人总有些"八卦"精神，越是这样的事情便越有兴趣，研究者前赴后继，从不乏人。虽然莫衷一是，但终究理出了一个大概的脉络，再填些骨肉，就成了一个缠绵悱恻的故事。

驱马扬州，写下那阕伤心千古的《扬州慢》之后，姜夔便向南出发，准备回到家乡鄱阳参加乡试。途经边城庐州的辖地合肥，略作小憩，时逢盛夏，天气炎热，于是便做了羽扇纶巾的打扮，宛然一个风流俊朗人物。行在柳荫巷陌，苍翠的垂条像是牵挽行人脚步的绦索，轻轻款款地诉说"留下来罢"。在这样不为人知的呢喃低语中，忽然响起了浔阳江头的旋律，铮铮然，泠泠然，羁旅的风尘之意便在这美妙的旋律中不知不觉地消弭。

姜夔在乐律上的造诣，那时已经初见天分——毕竟已然能够自行度曲了。他很快辨别出，弹琵琶者虽然年纪不大，技法在很多方面还有待磨炼，但那股天生的灵气是旁人效仿不来的。一时好奇，便循着声音走了过去。

垂杨深处，珠帘半掩，却是个小小的乐坊。他悄悄挑起帘子，向内窥探，那女子惊愕地停下怀中琵琶，抬头向门边看来，四目相对，虽然只得半面，却成了缠绵一生的劫数。

那女子有个妹妹，专习弹筝，抽弦促柱，也是妙手，于是三人便成知音。姜夔善吹箫，从那以后，赤阑桥畔的筝琶合鸣中，总会掺进丝丝缕缕的呜咽。

也许姜夔同时爱着两个人，也许爱姐姐多些，但不管怎样，合肥成了他生命中最美好的存在。考试落榜之后他又回此地，花前月底，听姐姐用琵琶拨出春风的骀荡，听妹妹用秦筝按出秋水的冷冽，胜过那官场纷乱芜杂钩心斗角，于是，便耽溺不知归期。

不知何事竟别离，历史记忆中的姜夔，忽然便从合肥消失了身影。也许是因为屡试不第，心情低落，竟负了蔷薇之约。至此，那对精通音律，堪称"白石知音"的姐妹花，来如春梦，去似朝云，竟杳无踪迹。十余年时光似水流，只在指尖留下一滴冰冷的泪。于是怀人的思绪，便写入新词，在凤箫声中，犹疑着，渗透出来——"肥水东流无尽期，当初不合种相思""淮南皓月冷千山，冥冥归去无人管"——带着绯色，那是离人眼中的血泪。

于是恍然，这个男子，应当不是负心薄幸的郎君吧！虽然他总是用"三生杜牧"来形容自己，可合肥毕竟不是扬州，赤阑桥也不是廿四桥，姜夔，终究不是杜牧。他是用心寻过她们的，只是未能如愿罢了。

合肥姐妹，如同是青翠的柳，风中含情；又像是红艳的梅，雪里凝香。于是，姜夔的作品，不在梅边在柳边，或是二者兼有——"红梅淡柳，赤阑桥畔，鸳鸯风急不成眠；琵琶解语，声声魂断，裙带怎系住郎船"。纵被人嘲笑题材狭隘，也是依然故我。他的咏梅词，《卜算子》最多，约略是受了陆游的影响，颇有点"寂寞开无主"的意味。在唱过了"红萼未宜簪""背立怨东风"这样的哀泣之音后，终于，在他三十六岁那年，诞生了史上最惊艳的咏梅词。

那年他去苏州拜访辞官归隐的范成大，院中梅花开得正好，范成大便指着梅花请他赋词。他见那雪中红梅怒放，正像是情人的茜裙罗衫，往事一幕幕涌上心头，如同疏落的影，暗淡的香，于是转眼间，两首新曲一挥而就。

姊妹双生，于是词也双生。其实何妨只度一曲，并填二词，然则金琶玉筝，各有情态，犹如梅之疏影暗香，横斜浮动，很难说哪个更美。范成大见词大喜，唤出家中歌女小红，让姜夔教她演唱。这小红是个极聪明的姑娘，没多久便能够唱出那和谐婉约的音节：

旧时月色，算几番照我，梅边吹笛。唤起玉人，不管清寒与攀摘。何逊而今渐老，都忘却，春风词笔。但怪得竹外疏花，香冷入瑶席。

江国，正寂寂。叹寄与路遥，夜雪初积。翠尊易泣，红萼无言耿相忆。长记曾携手处，千树压、西湖寒碧。又片片吹尽也，几时见得？（《暗香》）

苔枝缀玉，有翠禽小小，枝上同宿。客里相逢，篱角黄昏,无言自倚修竹。昭君不惯胡沙远,但暗忆、江南江北。想佩环、月夜归来,化作此花幽独。

犹记深宫旧事,那人正睡里,飞近蛾绿。莫似春风,不管盈盈,早与安排金屋。还教一片随波去,又却怨、玉龙哀曲。等恁时、重觅幽香,已入小窗横幅。(《疏影》)

梅的风姿、情态、传说、旧句……全部的美,都融入了两首词中。姜夔听着小红的浅吟低唱,不觉痴痴沉醉。恍然间,他是那看梅成痴的何逊,一忽儿感伤昭君的香魂独归,一忽儿窥见寿阳公主的嫁时装束,想到疏影零落,暗香消散,不由得肝肠寸断。眼前的丽人,正是二八年华,便如当年半面初见时候,相貌身段好像也是有几分相似的,但终究不是故人!

一曲歌罢,余音袅袅,半晌,范成大方才从那美妙的境界中回过神来,见姜夔痴痴地望着小红,只道他动情,便哈哈大笑着将小红送给了他。姜夔本无此意,前辈盛情难却,只得应了下来。于是,当年的枫落吴江时节,便见垂虹桥下摇来一只小舟,船上有丽人巧笑倩兮,清歌婉转,身边布衣男子静静地吹着洞箫,神态淡然,却不知在想些什么。其实他的心思很好猜测,不过是对着眼前景,忆起旧时人罢了。

姜夔若有所思地放下箫,走进船舱,拿过纸笔,写下几行字来。小红以为是新词,忙抢了去看。谁知却是一首题为《过垂虹》的七绝:

自作新词韵最娇，小红低唱我吹箫。曲终过尽松陵路，回首烟波十四桥。

姜夔可以毫不犹豫地将小红之名写进诗中，却从未提及过合肥女子的名字，惹得后人从他的词中摘取只言片语胡乱命名。也许，他只是无法提起那两个令人神伤的词语，那是他的咒，可能一旦念出来，最后的梦就会消失吧。

在那之后的几十年，陆续有几家词人填写《暗香》《疏影》，但是唯有张炎的作品能够跟姜夔原作比肩而提。他是南宋最后一个词人，本是不知人间愁苦的富家子弟，国破家亡之后，惨惨淡淡地漂泊在易了姓名的河山天地之间。他爱极了姜夔的《暗香》《疏影》，将其评定为咏梅之作中"前无古人，后无来者"的篇章。由于张炎的《词源》是研究宋词的重要著作，因此他这话的分量是相当重的。张炎的词风与姜夔相似，后世有人将他们并称为"姜张"，可以说，虽然时代上没有交集，但他们通过作品成为莫逆。这一段穿越时空的知己之情，十分令人称道。张炎的两首咏梅词中，《疏影》成就更高一些：

黄昏片月，似碎阴满地，还更清绝。枝北枝南，疑有疑无，几度背灯难折。依稀倩女离魂处，缓步出、前村时节。看夜深、竹外横斜，应妒过云明灭。

窥镜蛾眉淡抹，为容不在貌，独抱孤洁。莫是花光，描取春痕，不怕丽谯吹彻。还惊海上燃犀去，照水底、珊瑚如活。做弄得、酒醒天寒，空对一庭香雪。

他自己就是那一树霜中作花的梅，独抱孤洁，纵而化为满庭香雪，也不肯为元人折腰。这首词在南宋遗老中产生了深远的影响，当时周密、王沂孙都有和作。

有趣的是，张炎还曾用这两个词牌来咏荷。可是荷花无论如何跟"暗香疏影"都是沾不上边的，于是他便将《暗香》《疏影》改成了《红情》《绿意》，分别吟咏荷花、荷叶，十分清丽动人。

年年岁岁，梅花相似，岁岁年年，人不相同。自瑶席香冷，玉龙哀彻，已是近千年时光；自然不消说赤阑桥畔，驻马留情，淡黄新柳更是几乎褪尽了颜色。唯有那流露着淡淡哀伤的词句，还在岁月的边缘轻轻徘徊，不曾离去……

第四章 补佚·诗余遗秘

它们是时光缝隙中点滴流露出的秘密，本身就是美丽的谜题；

　　只是那些答案，已然随风……

　　词牌的名称如同繁花绚烂，银汉无声，若计上同调异名者，一千六百尚且有余，加上异体的情况，更是数不胜数。在众多的词牌中，总有出处不明或存疑问者，就像是失却了答案的谜题，令人百般猜测，心痒难搔。

　　缺憾，是一种美！

永遇乐：旖旎雄豪归一梦

【前言】《永遇乐》，双调一百零四字。有平仄二体，仄韵定于北宋，平韵始自南宋，从影响上来看，仄韵的传播范围更加广泛一些。本调虽然有着一个欢喜的名字，实际上沉郁深邃，常用以书写某种压抑、叹惋的情怀。也许，关于它缘起的那一个传说，始终像是解不开的咒，无论什么样的心绪填入其中，都会染上一层哀伤的颜色。

唐朝中期，有一位秘书郎，姓杜，名字不可考证，暂且称之为杜郎好了。这位少年郎君听说填得一手好词，在以诗为天下的唐代，这个技能看起来似乎没有什么出息，却为自己赢得了一份真挚的爱情。

杜郎的邻居家有个小女儿，名字叫酥香。唐代崇尚胡食，"酥"是牛奶之意。这个姑娘肌肤柔腻白皙，身上带着淡淡的清香，故而得了这名字。她不光生得妩媚，还有一副好嗓子，不管是坊间的流行曲调还是宫中流传出的新词都能唱得十分动听。一日，杜郎偶然间听见隔壁传来歌声，柔婉清亮，宛如天籁之音，不由怔住。一连几日，歌声总在固定的时候响起，或是民歌，或是宫词，总不重样。直到某天，杜郎惊奇地发现那人竟然在唱自己的作品，终于忍不住隔墙询问。那边清音遽止，轻捷的脚步声在慌乱中渐行渐远。后来几日便听不见歌声，杜郎未免自悔孟浪，日思夜想，总是那曼妙的声音。于是他填了一首新词掷过墙去，词中诉说了对歌者的倾慕之情，洋洋洒洒，十分真挚。

那酥香姑娘被陌生男子听见唱歌，觉得十分不好意思，这些天来都是躲在绣房中小声吟唱。这日她在园中散心，正巧被隔壁掷来一个纸团打中发髻。她拾起那纸团展开，内中是一首新词，题名为《永遇乐》，无论是用词方式还是意境都与她平素最欣赏的杜郎有异曲同工之妙。芳心暗动，不知不觉，已将那词唱了出来。

接下来的故事便是水到渠成顺理成章，杜郎与酥香凭借这首《永遇乐》结下不解的情缘，感情的火种在他们之间悄悄播种、萌发，终成燎原之势。花前月下，清歌丽词，爱恋愈深，缠绵愈切。

然而好景不长，他们的私情被人察觉并告至官府。杜郎是有官职的人，"引诱良家女子"的罪名非同小可，就此被发配河朔。临行之时，酥香不顾家人的阻拦，毅然出门相送。杜郎见爱人为自己伤神至于形容憔悴，不由得凄然一笑，向她摊开手掌，掌心中是一个纸团。又是一首《永遇乐》，却已不是初识时候的满纸相思，别离的哀伤如同漫染的墨色，在两人之间渲染开来。酥香微启朱唇，声音颤抖地将那首词唱了出来，缠绵的长调，她一连唱了三次，唱到最后，已是声音嘶哑，如同啼血的杜鹃，而她的生命，也在这绝望的唱词中逐渐凋零。唱完最后一句，便是魂断香销，生离瞬间变成死别，在场之人无不落泪。至此，《永遇乐》作为一个崭新的词牌，开始广为流传。

由于这个故事太过离奇，又没有杜郎的词作流传下来为之做证，最重要的是，唐代对于私情这回事还是比较开明的，所以历来的研究者多半持怀疑态度。但是，如此凄美动人的传说，即使相信又有何妨呢？

不管真相如何，事实是，在历史的某一个瞬间，出现了这样一个词牌，并且辗转流传下来。到了北宋，在柳永的妙手改造下终于定了曲调字数，从此又衍生出无数悲伤哀怨、无可奈何的传奇，其中最为著名的一个，是关于穿越百年的梦境，关于两个不同时代却有着相同名字和相似命运的女子。

相传，苏轼任徐州太守之时，恰逢百年不遇的洪水，赈灾救灾的繁重工作，让他上任伊始就忙得不可开交。好不容易完成了疏导工作，洪水退却，他这才得以喘息。得闲时节，文人的浪漫情绪便如同春草一般滋生蔓延起来，他想起了徐州的名胜燕子楼，忽然有些担心这座前朝古迹会被连日的暴雨损毁，连忙前去视察。好在此楼已历经百年风雨，此时仍旧悄然屹立着,苏轼放下心来,一时兴起,便决定在楼中住上一晚。

静夜,古楼,幽梦,芳魂,如真,似幻。

燕子楼的主人关盼盼,已经离世二百余年,不知是否一缕精魂仍旧流连此间,徘徊不去,竟进入苏轼的梦境,相顾无言,似怨似艾。她原本是唐代徐州名妓,能歌善舞,通晓诗书,嫁与节度使张建封为妾,张逝世后,独居燕子楼十一年,坚贞不移。直到听闻白居易"歌舞教成心力尽,一朝身去不相随"中流露出的诘难之意,这才自绝饮食,抱恨而终。白居易的诗许是出于无心,却深深伤害了这位敏感纤细的女子。这位大诗人没有想到,她会以这样近乎惨烈的方式向世人证明自己的忠诚,于是陷入了深深的悔恨,临终前遣散侍妾,以免她们重蹈覆辙。

斯人已逝,魂梦悠远,唯有旧楼历经百年时光岿然不动,仿佛在等待主人的归来。也许它承载了太多美好的、幽怨的、深沉的记忆,所以才会让在此借宿的苏轼有了一个难忘的梦境。梦醒之后,他写下了一首《永遇乐》,以纪念那穿越百年的悸动,豪放词的开山鼻祖难得使用慢词,没有拖沓黏腻之感,只于清润中见深情:

明月如霜,好风如水,清景无限。曲港跳鱼,圆荷泻露,寂寞无人见。紞如三鼓,铿然一叶,黯黯梦云惊断。夜茫茫,重寻无处,觉来小园行遍。

天涯倦客,山中归路,望断故园心眼。燕子楼空,佳人何在,空锁楼中燕。古今如梦,何曾梦觉,但有旧欢新怨。异时对,黄楼夜景,为余浩叹。

词前小序自云:"彭城夜宿燕子楼,梦盼盼,因作此词。"但是词中并未出现盼盼的身影,也许是梦寐匆匆,不曾看得清楚,又或者是苏轼宁愿用寂寞的景致,倾尽笔墨勾勒出一个邈远模糊的概念吧。

此外,还有另一种可能,那是一个大胆却合乎情理的假设。那就是,他梦中的佳人并非已然化作一抔净土的盼盼,而是另一个还活着的同名之人。

古老传说中,当时的徐州确实有一名官妓唤作马盼盼,忽略姓氏的话,无论读写都与百年之前的人儿一模一样。这位盼盼姑娘擅长书法,总是偷偷摹写苏轼的字,久而久之,景仰中便萌蘖出恋慕的情绪。当时苏轼为镇水灾,在徐州东门建造了一座"黄楼",黄为土色,取的是五行概念中的"土克水"之意。落成之时,苏轼让弟弟苏辙书写了一篇《黄楼赋》,本打算自己亲笔书写,用来刻碑纪念。谁知写了一半有事离开,盼盼恰巧看见,一时兴起,便提笔续写了"山川开合"四个字。苏轼发觉此事,觉得这姑娘伶俐可人,便也没有责难,甚至没有重新书写,就这样任由一个官妓的笔迹混杂在自己的作品中永久流传。

这样看来,词中"黄楼夜景",极有可能暗喻《黄楼赋》一事。他欣赏这个聪慧女子,又是即情即景,梦见她也是说得通的。

也罢，不管那个梦中的倩影究竟是谁，总归是苏轼的一场风流际遇。对于这些苦命的风尘女子，他总是怜惜的，只是这样一味地温柔对待，却不啻甜蜜的毒。苏轼离任之后不久，马盼盼便思念过度，郁郁而终。虽然与关盼盼的亡因有所差别，但终究也是在盛鬓堆鸦的好年景归于黄土，徒留几段虚无缥缈的传说，令人在茶余饭后扼腕叹息而已。

后来，同样是一座名楼，同样是一首《永遇乐》，却荡尽了儿女情，尽显了英雄气。那是辛弃疾在愤懑中的呐喊，千古江山历史，尽数纳进词中，深沉的爱国情怀，几乎破纸欲出。

如果说苏轼是文坛中的不世英杰，那么辛弃疾便是武林中的文章魁首，他是真正在战场上喋血过的，写出的词自有一股杀伐之气。遥想当年，"渡江天马南来，几人真是经纶手"，二十三岁的青年，率领五十余人孤军奋战，深入五万敌后，生擒首脑，千里归宋，何等的豪迈雄壮，何等的气吞山河。可是，一瞬间的惊艳之后，便没人再将他放在心上。偏安一隅的南宋王朝，早已经没有了斗志。于是，几十年来，他一直在这样一个令人绝望的环境中挣扎着，抱着北伐的信念，直到垂垂老矣。

那是宋宁宗开禧元年，六十六岁的辛弃疾在镇江担任知府，在京口北固亭登临远眺，叹大好河山日渐沦丧，哀生年不遇明珠委尘，于是写下一系列怀古词，其中便有一首《永遇乐》，被后人评价为这个词牌的压卷之作：

千古江山，英雄无觅，孙仲谋处。舞榭歌台，风流总被雨打风吹去。斜阳草树，寻常巷陌，人道寄奴曾住。想当年，金戈铁马，气吞万里如虎。

元嘉草草，封狼居胥，赢得仓皇北顾。四十三年，望中犹记，烽火扬州路。可堪回首，佛狸祠下，一片神鸦社鼓。凭谁问：廉颇老矣，尚能饭否？

辛弃疾酷爱在词中用典，常常被人讥诮为"掉书袋"，然而他的典故，个个都沉重如斯，仿若千斤巨石，压得人无法喘息。孙权、刘裕、拓跋焘……千古英雄皆沉埋于历史的波涛,在一个偏安的时代,想做英雄竟不可得,这是一件多么悲哀的事情。他少年时候是霍去病,有着马踏祁连山的远大志向,现在老了,自比廉颇,却有谁来当赵王?就像一头困兽,囚在樊笼数十年,虽然斗志未泯,终究无法摆脱这沉重的桎梏。终于,千言万语都化作悲愤的壮词,在纸上肆意流淌,倾泄哀伤。

当赵宋帝家终于走向无可挽回的末路,豪放派最后的传人刘辰翁也做了一首《永遇乐》,聊做祭奠,虽然已经没人有心听取:

璧月初晴,黛云远澹,春事谁主?禁苑娇寒,湖堤倦暖,前度遽如许!香尘暗陌,华灯明昼,长是懒携手去。谁知道,断烟禁夜,满城似愁风雨。

宣和旧日,临安南渡,芳景犹自如故。缃帙流离,风鬟三五,能赋词最苦。江南无路,鄜州今夜,此苦又谁知否?空相对、残釭无寐,满村社鼓。

小序中言明应和的是李清照"落日熔金"词,然而辛弃疾所用也是同样的韵部,这难道真的是一种无言的巧合吗?恐怕冥冥之中,自有某种定数吧!你看,李清照与辛弃疾是同乡,小小的泉城养育了两位伟大词人,一道淮水是他们生命中最犀利的分割线,而且都是风雨飘摇中度过艰难的一生。刘辰翁的词,悼念易安的同时,也应当在追忆幼安,但是归根结底,还是在伤怀自我,歌别那让人又爱又恨的南宋王朝。

  天若有情天亦老，正因为苍天无情，所以无论是旖旎的梦境还是悲愤的襟怀，都在星移月转中归于静默，只有那些破碎的记忆，雪泥鸿爪，点段零星，积淀成石精玉髓，留待后人赏玩。永遇永遇，虽然似乎与"乐"无干，但是占了一个"永"字，似乎便真的得以恒久了呢！

眼儿媚：秋水春山总是情

【前言】《眼儿媚》，双调四十八字，前片三平韵，后片两平韵。词牌名字的来源已经不可考证，有人说是源自白居易"回眸一笑百媚生"，但似乎宫廷味道重了些，不合"眼儿"这样口语化的风格。它的别名倒是都有来头，《钦定词谱》载："左誉词，有'斜月小阑干'句，名《小阑干》；韩淲词，有'东风拂槛露犹寒'句，名《东风寒》；陆游词名《秋波媚》。"比较值得玩味的是陆游的那一首，秋波既是女子眼神，陆游书写的是边塞词，想来是嫌"眼儿"过于柔弱，才改了名字。词有所谓"正声"，也就是最准确、最工整、最符合声律的作品，这个词牌历来以左誉和贺铸的两首为正，有两到三个"变体"，但都是在平仄上微微改动，不甚影响普通的阅读。

大抵除了陆游之外，古往今来做此调之人皆取柔婉之道，似乎只有琉璃般幻丽静美的文字才能配得上这样风流的词牌名称。相传，最初见于经传的那一首，作者是王安石之子王雱。人们在谈论起他与他那首《眼儿媚》的时候，总会附带一个感动千古的爱情故事。

那是北宋熙宁五年的清明，春来得迟了些，陌上也不过才蘸了些淡淡的青翠，桃杏芳菲的胜景自然也是不见的，霜风只是微微软润了些，还带着料峭的余韵。然则这些并不妨碍人们在汴梁郊外进行冶游的兴致，那时候乘轿的禁制已经松懈，达官贵人出门多乘软舆，也有装饰华贵的马车，平民骑驴、骡或步行，

翰林庞公的小女儿庞荻坐在马车中，在春草初生的陌上缓缓行过，车外，欢笑之声不绝于耳。她略略掀起绣帘，但见一群年轻士子在溪畔的空地上作诗填词，好不热闹。

一身穿紫色锦袍的少年朗声吟道："出阳关，对碧山，新酒萧条轻暖天，堪忧事万千。"

庞荻饱读诗书，自然识得这调子是半阕《长相思》。那少年声线清越，竟将这样婉转低回的小令诵得朗朗动听，于是不由得多瞧了一眼。

溪边的野风不识趣地将素手中挽着的半幅绣帘夺去赏玩，于是那群青色的帘子就这样飘了起来，露出一副未施粉黛的绝色容颜。

庞荻不由自主地发出一声低呼，于是那群年轻的士子便转过头来看她，一时间她被惊艳的目光刺得有些无地自容。

所有人的面貌都是模糊的，唯独有两人格外清晰。方才那吟词的紫衣少年，年未及冠，然身材已颇显颀秀，眉目也脱了稚气，唇角噙着淡淡的笑意。他望向庞荻的目光，淡淡的，没有旁人那样艳羡的欲望，只有一种平等的欣赏的意味。与他并肩而立的是一名绿衣青年，体格清癯，如翠竹临风，一双星目格外明亮，闪烁着毫不掩饰的倾慕之意。

绣帘重新掩上，马车辘辘地前行，风中飘来朗朗笑声："托这风儿的福，岐王这半阕《长相思》，元泽对上了。"

继而，便是曼声吟诵，语中颇见缠绵——

"小云鬟，竟娟娟，眉上随春淡抹烟，嫣妍欺杜鹃。"

庞荻从帘缝中向外张望，见诵词的正是那绿衣青年，诵时他似是刻意提高了声调，目光一直追随着自己的马车，不由得微蹙眉头，心道这人好生无礼。

话说那紫衣少年赵颢乃是英宗次子，神宗仲弟，天资颖异，文武双全，时宗室子弟写字崇尚墨中露出丝丝白痕的"飞白书"，赵颢便是其中的佼佼者；那绿衣青年王雱是丞相王安石的独子，时任太子中允，丰神俊朗，传说未弱冠时已经著书数万言。两个年轻人乃是莫逆之交，陌上与佳人隔帘见了半面，都各自留了心。后者的执念还要更深一些，本来身体欠佳，又是春寒料峭，思虑深沉，还家后竟然病了好几日。丞相王安石心疼儿子，待他稍好些之后便赶着上巳节在水边办了场宴会让他散心。上巳乃是修禊之日，古来一直有临水祓邪的传统，丞相家的宴会邀的多是青年才俊，又有歌儿舞女陪侍，免不了作些柔媚小词弹唱一番，端的是风流曲尽，入骨缠绵。

便有些好事者，明知王雱不甚在词上下功夫，故意撺掇一名歌姬向他讨曲子。王雱也不推辞，取了笔便一挥而就，众人看时，原是一阕《倦寻芳慢》：

露晞向晓，帘幕风轻，小院闲昼。翠径莺来，惊下乱红铺绣。倚危栏，登高榭，海棠着雨胭脂透。算韶华，又因循过了，清明时候。

倦游燕，风光满目，好景良辰，谁共携手？恨被榆钱，买断两眉长斗。忆得高阳人散后，落花流水还依旧。这情怀，对东风，尽成消瘦。

格调工丽，意切情深，竟是绝好的春词。尤其是"恨被榆钱，买断两眉长斗"一句，难为他怎样想来。那歌姬持着红牙板，引商刻羽，清声曼啭，满座皆赞叹不已，水滨宴客赏景的游人也纷纷被吸引过来。

也许真是老天爷可怜王雱的痴心，这日翰林院的庞公竟然也带着一家老小来此游玩。远远地便听见有人在唱这首《倦寻芳慢》，不觉被吸引过去，近看方知是王安石的宴会。庞公作为保守派，向来对王安石的变法有些微词，这处相遇不免尴尬，只好草草寒暄一番了事。庞荻垂首站在父兄身后，只觉得一丝炽烈的目光始终缠绕着自己，不由得有些不甚自在。

此时听庞公夸赞王雱道："元泽世侄好词。"

王雱道:"世伯过誉,不过是有感而发,清明怀人之作。"

他故意咬重了"清明怀人"几个字,庞荻盯着自己的鞋尖,双颊滚烫。

还家之后,王雱开始积极地追求庞荻。虽然无非是尺素传情一类,却也是那个年代极致的浪漫。庞荻的心渐渐被他饱含深情的文字所打动,悸动与羞怯的情绪,随着帘外的春草一起蔓延滋生起来,在暖风中,与新扎的纸鸢一道飘荡。

王雱渐渐难以忍受相思之苦,便向父亲提出娶亲之事。他的态度很坚决,一如以前拒绝父母给他安排婚事的时候。

王安石只此一子,爱若珍宝,虽然与庞公政见不合,却依然乐呵呵地找了官媒上门求亲。庞公本欲回绝,便推说要去询问女儿的意愿,原想这个小女儿一向孤高自许,定然不会允婚,谁知一说起来,庞荻竟然红了脸,娇嗔不依,再看书案上有张花笺,墨迹依稀,题的正是王雱做的《倦寻芳慢》,遂长叹一声,告诉官媒,允了。

王雱拿到庞家的定帖,如痴似狂地笑了许久,才肯放手,让父亲拿去找人测算两人生辰。

相士曰:"八字相合,当是美满夫妻。"于是王家纳了三礼六聘,庞荻在整个汴梁城的羡慕、嫉妒与祝福中嫁进了相府。

他们享受了一阵神仙眷侣的生活,有"去来窗下笑相扶"的欢快,有"画眉深浅入时无"的缠绵,他们谈诗论理,志趣相投,颇有些"如弟如兄"的默契。多少次午夜梦回,庞荻会想起那个不经意的清明,那个命中注定的上巳,然后看一眼安睡在身边的人,莞尔。

庞荻本以为,朝堂上的政治风波再强烈,也不会影响到她的生活,然而在命运面前,人总是显得无能为力。

王安石的新政,是一个美好的、远大的目标,然而施展起来困难重重。冗官、冗兵、冗费、土地兼并……每一项都如千钧巨石,狠狠蹂躏着积贫积弱的赵宋王朝,在这样的情况下,变法便如同"青苗"之名一样,完全没有破土而出的空间。在愈演愈烈的政治风暴终于蔓延到家庭生活中时,庞荻的父亲为不使女儿为难,辞官归隐;王安石的弟弟王安国因为反对变法而被黜免,歌咏着"春风自在梨花"病逝于四十七岁的盛年;王安石本人也是两度罢相,着实大起大落了一番;而王雱,他原本就是个感情太过强烈的人,变法的过程中付出了全部心血却没有得到预期的回报,他实在心有不甘,于是脾气日益暴躁起来。

这种暴躁就像食物上的霉斑,起初是不起眼的一丁点,但是蔓延得很快,等到庞荻感受到丈夫明显的变化时,他们的婚姻已经像腐败的食物一样,难以挽救。王雱怒极的时候开始折磨她,可是清醒之后又会抱着她哭得像个孩子。在这样反反复复的纠缠中,她的容颜像是开到荼蘼的花事,一天天憔悴了下去。

老天给了他们一个可爱的孩子,可是很快就不忍看到这孩子夹在父母之间受那柔软荆棘似的折磨,便将孩子收了回去，这件事使庞荻的世界几近垮塌。

此时，她生命中的第二个男子出现了，不，也许他才是第一个也说不定。毕竟那年清明，正是他的那上半阕《长相思》，让她掀起了绣帘。世事弄人，转来转去，竟然又回到了原点。

赵颢，昔日的岐王，现在的扬王，不久之前王妃过世，目前正在鳏居。他与王雱本是挚友，平日里往来也算频繁，自然是渐渐觉察到了一些异常。他第二次见到庞荻时，险些没有认出她就是昔日清明陌上的佳人。怜惜的情绪，混合着一缕长久以来珍藏在心中的欣赏，渐渐酝酿出一种别样的眷恋。

王雱本有心疾，变法熬干了他全部的心力，他的身体越发衰弱，连暴躁时都显得没什么生机，他意识到自己也许不成了。变法与庞荻，都是他心中放不下的结，如今前者几乎已经回天乏术，他只能尽力将后者托付出去。赵颢的情愫他看在眼里，他想，如果是这个人，应该能够好好照顾庞荻吧。

未几，赵颢向王安石求亲。这亲求得颇为惊世骇俗，他要娶的是王家的儿媳，好友的妻子。王安石惊惶地对儿子说起此事，王雱却微笑着点头应允，凹陷的眼窝中，水光一片。

熙宁九年，二月十二，花朝节，庞荻以王安石义女的身份再嫁。婆家变成了娘家，不是顶着不吉祥名声的寡妇，也不是因犯七出被休的下堂人。因着嫁入宗室，她走得比当年更风光,一身彤云般娇艳的大红,将她苍白许久的双颊染上了淡淡的春色。

年年花朝均有扑蝶盛会,据说,那一年的扑蝶会,比往年更加热闹,无数士人在"壶蝶宴"上传唱王安石嫁儿媳的义举;满城的少女,遥望那车水马龙的迎亲队伍,痴痴地憧憬着一段如斯的传奇。

这也许是王家父子最后的疯狂了,王雱于几日后撒手人寰,恰是清明时分,"算韶华,又因循过了,清明时候"倒成了谶语。同年,王安石去官,终生未仕。

那日庞荻正在花园中散心,赵颢从外归来,一身缟素,拿了封雪笺给她。她接过展开,内有一首新创的词,名字叫《眼儿媚》,墨迹中血泪斑斑,几乎认不出王雱那原本丰神俊朗的字体:

杨柳丝丝弄轻柔,烟缕织成愁。海棠未雨,梨花先雪,一半春休。

而今往事难重省,归梦绕秦楼。相思只在,丁香枝上,豆蔻梢头。

"夫人节哀,元泽兄,今晨殁了。"赵颢轻轻地说。

庞荻感到一阵眩晕,满院子的春柳春花,瞬间化为一片虚无。她向后仰倒,却跌进一个温暖的怀抱。

"成婚前日,元泽兄约我夜谈,我向他许诺,会代替他好好照看你,好好……爱你!"身份尊贵的年轻男子,曲尽温柔之意，轻轻地安慰着她，就像在呵护易凋之绝艳，易脆之连城。

"他说，他不是不爱你，而是太爱你，但是他已经不能够继续给你幸福，只好找一个能够帮你延续幸福的人……荻，相信我……今生只你一个……"

庞荻哽咽："妾何德何能，竟遇两个至情至性若此之人。"

于是，一园春色，浸润着两个人的柔情似水，见证着三个人的地老天荒。直到千百年之后，我们读到"丁香枝上，豆蔻梢头"之句，犹能咀嚼出那薄命才子凛冽的爱意。

也许是这个故事太过令人唏嘘，竟然有人将署名贺铸的一首《眼儿媚》认作对此事的演绎，甚至把这首出处有些争议的词的著作权判给了庞荻。此事真假不论，却足以说明王雱那首饱含深情的词是如何深入人心。在此附上贺铸的《眼儿媚》：

萧萧江上荻花秋，做弄许多愁。半竿落日，两行新雁，一叶扁舟。

惜分长怕君先去，直待醉时休。今宵眼底，明朝心上，后日眉头。

同调同韵，首句偏又暗含"荻"字，也许是冥冥之中的巧合，又或者真的是庞荻在多年后思及前夫所做的次韵，真相我们不得而知，只好在春朝秋暮之日，月浅灯深之时，默默地诵读,轻轻地喟叹了。

同样是一个女子同两个男子之间的纠葛,同样是一首泣血的《眼儿媚》,在几十年之后,又撰写出一段别样哀伤的传奇。比起王雱、庞荻与赵颢之间感情的纯粹与美好,这个故事略带些许功利性,但是同样缠绵悱恻,使人潸然。

在王雱逝世后四十余年,那时候大小苏、四学士、晏小山等泰山北斗相继而殁,贺铸、周邦彦也垂垂老矣,李清照尚与赵明诚过着美满的小日子,官场的新人们似乎都专心于仕宦之道,于是北宋词坛跟整个王朝一样渐趋衰颓。

这时候，即使能够写出些"有句无篇"的好词，也是十分令人称道的。在钱塘幕府谋职的青年左誉，趁了这个便宜，竟得以与词坛神话柳永并称。所谓"晓风残月柳三变，滴粉搓酥左与言"，虽然那个"滴粉搓酥"只是残篇断句，连词牌都无从考证，但终究是叫响了名号。

如此香艳的词句，自然是写给一个女子的。

这女子乃是钱塘名妓，姓张，单名一个"秾"字，人如其名，当真是容貌才艺皆秾丽无双。左誉虽然是进士出身，文采过人，但是难免有些寡人之疾，他和众多才子一样，为张秾所倾倒，为她做了不少花笺废泪的风流小词，传唱一时。

左誉貌丑，人称"判官"，这样的人能够写出如此婉媚深情的词句，张秾不能说是不感动的。他们来往了一阵子，就在左誉开始勾画以后的人生道路时，却传来了张秾从良的讯息。她最终上了大将军张俊的花轿，成了张府的如夫人，并改姓为"章"。

原本是为避讳与丈夫同姓，却因了个人尽皆知的典故，在左誉眼中变得有些讽刺。

章台柳，章台柳，昨日青青今在否？纵使长条似旧垂，也应攀折他人手。

左誉失了魂，然而又无可奈何。是啊，自己凭什么跟张俊比拟呢？官职是天壤之别，容貌是云泥之分。自己不过会写几首婉媚小词，在金钱与权势面前，简直是不堪一击。

时逢乱世，张俊的军功日益显赫，人们传说这里有章秋的一半功劳。因为那些给皇帝的奏折表章，都是这位颇有才情的如夫人所撰写。左誉闻之，心中愈加酸楚。怨不得章秋不选择自己——文采是她最不缺少的东西，她何必跟着自己在官场底层沉浮。

宋室南渡之后，迎来了屈辱的偏安时期，左誉的仕途还算平稳，一路做到了湖州通判。湖州离南宋都城临安不远，他偶尔会去走走，体验一下"山外青山楼外楼"的醉梦，缅怀一下逝去的旧京，以及在这里发生过的，未老先衰的爱恋。

热闹的仪仗喝破了熙熙攘攘的人群，不知谁家亲眷出游，排场甚为铺张，竟然用了许多华贵的马车。须知南渡之后马匹资源紧张，即使是达官贵人也基本靠乘轿出行，能够使用这么多骏马的人家，应当十分了得。

左誉被挤到路边，一时之间动弹不得。

临安的道路不宽，马车只能缓缓行过，车轮碾过青石路的辚辚之声撞击着左誉的耳膜，他感到心跳加速，似乎预示着要发生什么事情。

最中间那辆车，画毂雕鞍，绣帘重幕，华贵无比。当它驶到左誉面前的时候，那精致的帘子竟然微微挑开，内中佳人虽然红颜半损，却还是依稀能见到些昔日"滴粉搓酥"的风情。却原来，正是章秋。

她朱唇轻启，曼声低吟，当年叶底黄鹂般的歌喉已经交还给了岁月,但依然如玉盘落珠,字字清脆。

"如今试把菱花照,犹恐相逢是梦中。"

晏几道的词,改动了几个字,倒是颇为符合当时的场景。

左誉如遭雷殛,瞠目结舌,直到张家的车队绝尘而去,他依旧呆呆地站在那里,片刻,忽然大笑起来。

相逢是梦,你我是梦,情爱是梦,人生,无非也是一场梦而已。

茫然归家之后,多年沉寂的词兴忽然又生发起来。于是铺宣州玉笺,捧端州紫石,匀徽州松烟,执湖州白毫,平生第一次也是最后一次,以如此铺张的方式,写一首词。

那是一首《眼儿媚》:

楼上黄昏杏花寒,斜月小阑干。一双燕子,两行征雁,画角声残。

绮窗人在东风里,洒泪对春闲。也应似旧,盈盈秋水,淡淡春山。

写完投笔长叹,这实在是多年以来最好的一首词。以前身在局中,被限制住了,反而看不清,摸不透。秋水之目终会枯涩,春山之眉终会黯淡,倒不如去真正的秋水春山之处,就此终老罢。

次日,左誉不辞而别,久无消息。后来有人在云深之处见到他时,已是暮鼓晨钟,焚香礼佛,俨然得道僧人。再后来，他的后人辑录的作品因为世道荒乱而散佚，只留下一首完整的《眼儿媚》、几句昔日赠送张秾的残篇，以及一个蕴藉着淡淡苦涩的传说，供后人玩赏。张秾的结果呢？我们不清楚，那个时候关于女子的记载似乎总围绕着她们最美好的年华撰写成了一篇篇断代史。但是我们知道，当年那个意气风发的张俊，永远跪在了岳鄂王坟前，结局远远没有左誉那样自在。

每每读这两个故事，总不由得掩卷长叹。这两首《眼儿媚》都可谓是一段爱情的绝笔，前者更是生命的终章，而后者，亦可谓是俗世人生的终结。于是柔靡的篇章染上了哀戚的色彩，我们仿佛能看到那凄楚的眼波，穿透千年岁月，在我们的眉梢心上，继续荡漾，醉人……

江城子：豪情欲共悲情语

【前言】《江城子》，双调七十字，前后阕各七句五平韵。这个词牌起源于晚唐，韦庄是最早使用它的人，后来牛峤、张泌、欧阳炯也都写过，那个时候，它只有单调三十五字，在《花间集》的万紫千红中像是一朵不起眼的草花。直到宋人将其改为双调，才变得丰润鲜明起来。

非常有趣的是，这样一个不起眼的词牌，居然对宋词体例的发展定型起到了不可忽视的作用。《江城子》之名，源于欧阳炯词：

晚日金陵岸草平，落霞明，水无情。六代繁华，暗逐逝波声。空有姑苏台上月，如西子镜，照江城。

"如西子镜"中的"如"字,在词牌规定字数之外,是衬字,在词的历史上是首次出现。"江城"指的就是金陵,残唐五代,半壁河山在铁骑下呻吟,金陵旧日的繁华让诸多诗人感慨流连。于是《江城子》也可以被认为是对一座城市、一个王朝的追忆,如此一来,其中蕴含的感情便越发深刻了。

后来有位叫尹鹗的词人,也在这个词牌的句子上做文章,将首句七字变成两个三字句,成了"减字""摊破"的开山鼻祖,后来的《减字木兰花》《摊破浣溪沙》等词牌变体,皆是源于《江城子》的成功试验。

在花间词的时代,《江城子》和大部分词牌一样,几乎都用来书写柔腻的女儿闺情。后来宋词歌咏意境拓宽,也是闲情逸致居多,直到苏轼一首"密州出猎",才使人们惊觉——原来《江城子》竟然可以如此豪气干云。

苏轼最初是在朝为官的,因为与王安石政见不和,抱着"眼不见心不烦"的态度自动申请外放,先是在杭州做了三年通判,然后又转调密州。在那三年中,水光潋滟的西子湖让他的生活闲适宁静,连带着诗词文章也变得清润疏朗。待到密州,山东的淳朴奔放却又是另一番风情,在这样的环境影响下,一介文人恨不能变身武将,感受马踏中原的豪情:

老夫聊发少年狂,左牵黄,右擎苍。锦帽貂裘,千骑卷平冈。为报倾城随太守,亲射虎,看孙郎。

酒酣胸胆尚开张,鬓微霜,又何妨。持节云中,何日遣冯唐。会挽雕弓如满月，西北望，射天狼。

　　自称"老夫"，其实那时候苏轼也就是刚满四十岁，然而词中所抒发的襟怀，却是标准的"少年狂"。射虎还不满足，定要射下天狼星才算得意，只有无所顾忌的少年，才能有这样的嚣张气度吧。事实上，苏轼那时候在密州过得并不很如意，恰逢凶年，治灾工作每每使他忙得焦头烂额，生活上也是艰难困顿，有时候甚至要靠野菜充饥。在这样的情况下，仍旧能偶发少年之狂，不得不感叹东坡公的博大胸襟。

　　但是，再坚强的男人也有脆弱的一面，只是他们平时都将那最柔软的一处深埋在心底，不肯轻易流露。而这柔软的一处，多半与女子息息相关，就连苏轼这样铁骨铮铮的男儿也未能够免俗。

　　那个魔咒一般，能够使苏轼落泪的词语，是一个女子的芳名。

　　虽说苏轼一生中风流韵事无数，但是他最爱的女子只有三个，巧合的是，她们都姓王。那个时候，续弦王闰之跟随在身边不离不弃，侍妾王朝云已经邂逅过却还没娶进门，一是常伴左右的堂前萱草，一是尚未含苞的梢头豆蔻，虽然也是常常记挂心间，却都不是那令人潸然的对象。

　　乙卯年正月二十日夜，苏轼从噩梦中惊醒，汗湿重衣，口中犹自唤着那个魔咒般的名字——弗。

　　王弗，苏轼的发妻，王闰之的堂姐，这个温润似水的女子，化作奈何桥畔那凄艳而决绝的彼岸花，已有十年时光。

二十年前，苏轼负笈于青神县中岩书院，彼时他还是未及弱冠的少年郎，才名声闻乡里，尽人皆知。书院依附于中岩古寺，寺中有一鱼池，池中游鱼颇有灵性，听闻池边有人拍手便会聚拢过来。某日，书院先生王方与寺院住持请诸生到此游春，顺道为池子征名。众说纷纭，都是俗不可耐，王方频频摇头，问及苏轼，得到"唤鱼池"的答复，轻灵可喜，非常合意。刚巧王方的女儿王弗也为池子取了名，封在花笺里，差丫鬟送到池边，开卷之后，竟与苏轼不谋而合。王方本来就存了趁征名的机会择婿之念，此时见到苏轼才情不俗，又与女儿共题一名，真是天缘凑巧之事，当即便决定将爱女许配给苏轼。这便是"唤鱼联姻"的佳话，在当时震动了整个眉州城，人人都道是天作之合，苏轼与王弗就这样在众人的祝福声中喜结连理。

婚后，夫妻二人琴瑟和鸣，相处颇为融洽。王弗虽然只有十六岁，却能够勤俭持家，侍奉公婆，家中老人都对她赞不绝口。苏轼原本不知道王弗通晓诗书，直到某天读书之时，王弗无意中提点了他阅读中的错误，这才发现原来这位新婚夫人竟然还是位才女。仔细想来，便觉得自己之前太过武断。能想出"唤鱼池"这样清雅名字的女孩，怎会是目不识丁的庸碌之辈呢？因着文学见解上的共鸣，两人愈加伉俪情深，誓言一生相守，不离不弃。

只是王弗先行毁诺，婚后不过十来年，便独自奔赴重泉。她过世的时候只有二十七岁，身后留下幼子苏迈，尚在稚龄，茕茕孤苦，怎不令人肝肠寸断。悠悠生死，一别经年,缥缈香魂直至今日方才入梦,又怎不令人徘徊留恋。

揽衣推枕,燃上如豆青灯,权作祭奠所用之香火,铺开宣纸,饱蘸浓墨,一挥而就,甚至不假思索。仍是一首《江城子》,却是黯淡了英雄气短,缠绵了儿女情长:

十年生死两茫茫,不思量,自难忘。千里孤坟,无处话凄凉。纵使相逢应不识,尘满面,鬓如霜。

夜来幽梦忽还乡,小轩窗,正梳妆。相顾无言,唯有泪千行。料得年年肠断处,明月夜,短松冈。

十年夫妻,十年生死,梦中伊人朱颜绿鬓不减当年,独活阳世者,却无法逃脱岁月的制裁。这些年,苏轼仕途坎坷,总是无暇牵念早逝的人儿,但是疏离并不代表忘却,他只是将所有的悲伤全都压抑在胸中,一旦有了突破口,便会喷薄而出,态势汹涌,无法抵挡。

心之忧矣,曷维其已。阴阳两隔已然恸煞心怀,偏生又是孤坟千里,无论从哪种角度来说,他们之间都横亘着不可企及的鸿沟。唯有梦境能够成为沟通生死的桥梁,虽然渺渺茫茫,终究是唯一的希冀。梦里有故乡山水,故居陈设,还有故人容颜,本有千言万语,却又无从诉说,只有默默相对,默默垂泪,恨不能一霎便是地老天荒。

后来,苏轼又写过几首《江城子》,都是感怀之作,再无"密州出猎"一般的豪情,也无"十年生死"一般的哀恸。于是这两首写于同年却表达出两种极端情绪的词作,一直在《东坡乐府》中占据着极为重要的地位，在佳作辈出的北宋词坛，也一直立于不败之地。

  悠悠千年，不过一个弹指间的韶华陨落。江城依旧繁华，《江城子》却已经随着时代的变迁在泛黄的书页中逐渐老去。苏轼究竟有没有在奈何桥边与王弗重逢，我们谁也不知道答案。然而在四川青神县中岩寺，唤鱼池的碧水依旧荡漾清涟，池边有两座铜像相偎相依，不再是"唯有泪千行"的怅惘，而是相守到下一个纪元的坚决……

醉花阴：赌书泼茶闲情寄

【前言】《醉花阴》，双调五十二字，前后片各三仄韵，这种上下片句式平仄完全一样的体例又被称为"重头"。这个词牌几乎没有别名和变体，唯有每片第二句的句式可以灵活运用——有人使用上二下三的方式句读，有人则采用上一下四的方法，还有的前后片分别用以上两种不同的句式。此外，在"换头"句，即下片第一句中，有时可以暗藏一个短韵，也就是说，第四个字跟第七个字一起押韵，比如杨无咎"扑人飞絮混无数"中，"絮"和作为韵脚的"数"都谐了韵。

这个词牌，仿若贤良淑德的贵家女子，一眼望去稳重端庄，只有细品才能察觉她俏皮活泼的一面。不知是巧合还是必然，词史上最有名的一首《醉花阴》，正是出自这样一个女子之手,她便是有"古今第一才女"之称的李清照。

众所周知,李清照早期的生活十分优渥,她的父亲李格非是苏轼门生,官至礼部员外郎,家中不仅衣食无忧,更是藏书丰厚,在这样的环境中,她成长为一个标准的贵族少女。虽然没有倾国倾城的容貌,也是才名在外,令人称道。按说无才是德,一般人家对这样的媳妇应当有些微词,好在她嫁的也是书香门第——丞相之子赵明诚,爱那金石之雅,也爱她咏絮之才,他们婚后的一段时间,生活是相当幸福美满的。

只是,若岁月容许他们一直这样安稳下去,那么词史上的李清照,只怕会变成一个可有可无的名字,静静站立在一个不起眼的角落里,难以被人提及。苦难犹如蚌壳中的沙砾,不断折磨着她,最终孕育出璀璨的珠,晶莹如泪。

人生中的第一次风波,来自夫家政治上的失利。那时正是北宋帝星昏昏欲坠之初,奸臣当朝,蒙昧天日,正直的臣子——如赵明诚之父赵挺之——屡被迫害。赵家在这样猛烈的打击下,不得不离京避祸,在青州一住十余年。不过,对于淡泊名利、醉心文艺的夫妻二人来说,这样清静安逸的小日子倒像是浮生偷闲般宝贵,因为他们有足够的时间和精力去做喜欢的事情。

录金石,辑珍器,古韵盎然的齐鲁大地给予他们取之不尽的宝藏,夫妻间的感情也随之升温。谁家闺房乐趣不是画眉问妆卿卿我我,偏生他二人与旁人迥异。这个时期,家中的藏书日益丰厚,两人都是记忆超群过目不忘,棋逢对手，难免想要拼个高下。因此，每每饭后烹茶之时，李清照便提出一个典故，说明在某本书的某页某行，与赵明诚"赌书"，赢了的人可以先喝茶。这赌约甚为高深，但是李清照总是能够答对。其实也不过一盏清茶，先喝后喝哪有什么分别，对于夫妻二人来说这却是至高无上的情趣。赢了赌约的李清照，仿佛又回到"倚门回首，却把青梅嗅"的少女时节，带着"云鬓斜簪，徒要教郎比并看"的娇憨神态，得意地端起茶杯，却忍不住笑弯了腰，将茶泼得到处都是。这样一个寻常而美妙的片段，成就了"赌书泼茶"的不朽典故，绵延千年，一直为文学界的伉俪津津乐道并心生向往。

二人这样情深意重，真是恨不能时时刻刻腻在一起，但是赵明诚不得不重新出仕，于是便造就了那痛苦的别离，以及甜蜜的相思。李清照的思妇佳作，大部分都出自这一段时间，这也是中国历史上思妇词的黄金时期。因为在此之前，这一类的诗词大多由男人模拟女子的口吻书写，虽然也有经典之作，但毕竟不如女子通过切身感受之后的创作来得真实动人。

那年秋天，重阳将至，赵明诚却还没有还家。西风乍起时，李清照只有独坐兰房，百无聊赖。揽镜自照，云鬓有些凌乱，唇色也略略淡了些，却实在无心打理。她思念那些举案齐眉的日子，现如今却只能独眠独坐，又是重阳佳节，理当团聚之时，怎能教她不愁肠百结。独自饮了几杯冷酒，借着醺醺之意，便在黄花丛中铺开纸笔，信手填了一阕新词，令人寄给赵明诚，以诉相思之苦。由于是花间醉笔，她便选了名为《醉花阴》的词牌，倒也应景：

薄雾浓云愁永昼，瑞脑销金兽。佳节又重阳，玉枕纱厨，半夜凉初透。

东篱把酒黄昏后，有暗香盈袖。莫道不销魂，帘卷西风，人比黄花瘦。

没有登高，没有茱萸，重阳节的娱乐活动，在没有丈夫陪伴的情况下，悉数省却了。陶家的东篱成了独醉之所，却没有望见南山的悠然，唯有满地黄花相伴，伊人已是憔悴不堪。馨香盈怀袖，路远莫致之，原是别时耳语，此时化入词中，更觉愁苦。赵明诚接到书信的时候被深深震撼了。他虽然一直都知道妻子是个千古罕见的才女，也经常在文学游戏中输给她，但是直到这一刻他才有了深深的危机感。不服输的情绪混杂在钦佩的情感之中，酝酿发酵成了一决雌雄的豪情。当然，这是纯粹的文学上的较量，与夫妻纲常并没有太大关系。

他闭门谢客，三日三夜，不眠不休，用《醉花阴》这个词牌填出五十首重阳词。本想寄给李清照炫耀一番，刚巧好友陆德夫来访，向他索要新作赏玩。他便把那五十首词拿给陆德夫看，不知是有心还是无意，李清照的原作也夹在其中。由于是誊抄过的，从笔迹上也看不出什么端倪。陆德夫细细品读一番，叹道："字字珠玑，果然高才，更有三句乃是千古绝唱。"赵明诚心中窃喜，忙问是哪三句，陆德夫答曰："莫道不销魂，帘卷西风，人比黄花瘦。"

那正是李清照的作品，即使混杂在五十首同调词中，也无法掩去其动人心魄的光华。赵明诚长叹一声，心悦诚服。那个时候，他并不知道他穷尽一生之力也没能赢过李清照，在后世人的口中，他赵明诚将永远以"李清照之夫"的身份出现。

也许在艺术成就上，《醉花阴》只是《李清照集》中的寻常作品，但它就像是一个无法忽视的里程碑，虽然不是最辉煌，但少了它，漱玉词中的寻梦之旅便会怅然若失。

很久以后，孑然一身、流寓江南的李清照仍旧会想起青州的安好岁月，想起赌书泼茶的闲情，想起那个重阳之后赵明诚还家时的欣喜。虽然此时她已经蜕变成婉约词派的一代宗主，但她宁愿做个普通女子，无论贫贱与富贵，只要不生在乱世，夫妻二人尽享岁月安好，于愿足矣。只是，山河尚且破碎如风飘柳絮，身世又怎能不似雨打浮萍？这小小的憧憬终是成了奢望，重阳黄花再度看取，已是满地堆积，憔悴不堪，那比黄花瘦的人儿，更是凄恻惨淡。这一次，没有人会为了与她一比高下而费尽心血，只得帘卷西风，守窗独坐，直到肝肠寸寸而断。

跋

若说唐诗是器宇轩昂的剑客，宋词便是雍容华贵的女郎，词牌是她们的闺名，恨不能含金漱玉之后方能念诵，生恐亵渎了这美妙的字眼。

关于词牌来历及词牌故事，历代的词谱、词话堆叠成山，本书也不过择了其中脍炙人口的几例，有失偏颇几乎是必然的事情。然而要传达给读者的概念，却已经深深刻在文字之中，请君知之，抑或哂之。